소통과 치유의 시 읽기

시가
위로의
말을 건넨다

백운복

글누림

문학이 어디에 가 있는가. 이 시대에 살아남아 있는 문학은 어떤 것들이며, 또 어떤 작품이 문학상에 오르내리며 독자들에게 관심거리가 되고 있는가. 특히 시는 이 시대에도 여전히 창작하고자 하는 사람들과 읽고 싶어 하는 사람들의 대상물로 과연 존재하는가. 설명을 들어서가 아니라 그냥 소통하면서 느낄 수 있는 감동적인 작품, 너와 나의 차이가 아무런 차별도 되지 않고 그냥 함께 사랑할 수 있는 작품은 과연 어디에 가 있는가.

시론과 문학비평론을 연구하고 가르치는 학자와 교수의 길을 30여 년 이상이나 겁도 없이 걸어왔다. 게다가 동시대 문학작품을 해설하고 평가하는 문학평론가의 허울까지도 천연덕스럽게 걸치고 왔다. 모두가 논쟁을 일으키는 논리와 싸우고 조작된 감정과 씁쓸하게 조우한 세월이었다. 이제라도 솔직하게 말하자면, 나는 이 시대에 주목받는 시들을 대부분 이해하지 못한다. 심지어 일차적인 문맥의 언어 이해도 되지 않을 때가 많다. 그런데도 슬쩍 넘어가며 아는 체를 하면서 함축된 의미와 주제까지를 평론했다.

사실 학생들에게 시를 가르치면서, 또는 어떤 문학관련 강연을 마치고 회중들로부터 필자가 지금까지 가장 많이 받는 질문은 여전히 어떤 시가 좋은 작품이고, 시를 어떻게 읽어야 하는가 하는 문제이다. 그때마다 여간 당혹스러운 것이 아니었다. 그만큼 독자들을 위한 보편적이고 일반적인 시 안내서가 아직 정리되지 않았다는 생각이 들었다. 이 책은 그러한 당혹스러움에서 어느 정도 벗어나려는 의도에서 계획된 만큼 학술적인 논지나 용어 사용은 가능한 한 피했으며, 시의 독서와 이해를 돕는 소박하고 친근한 안내서가 되려고 노력하면서 집필되었다.

과거의 전통적인 문학연구가 작가나 시대환경에 무게중심이 놓여 있었다면, 오늘날 문학연구는 독자의 비중을 어느 때보다 강조하고 있다. 따라서 과거에 주목되었던 '표현' lamp과 '반영' mirror이라는 문학의 키워드가 '소통'과 '치유'라는 키워드 중심으로 변화하고 있다. 오늘날은 그만큼 문학의 기능과 효용 면에 중점을 두고 있는 시대라고 할 수 있다.

따라서 이 책은 시의 독서와 이해를 돕는 안내서이면서 동시에 소통과 치유의 시 읽기 방법을 통하여 독자들이 시를 즐겁게 읽고 이해하고 공감할 수 있도록 돕고자 한다. 그러한 독서 과정을 통해 마침내 독자들이 각자 지니고 있는 고통이나 상처와 화해하고 용서하는 치유의 장을 마련하는 일이 곧 시의 독서가 지니는 가치임을 일깨워주고자 했다.

아침에 눈을 뜨면 여전히 가장 가까이에서 숨결을 느낄 수 있는 아내와 아들은 내 시의 원류였다. 아직도 시를 독서하고 마침내 시를 쓸 수 있도록 이끌어주신 참으로 크신 그분께 감사의 기도를 드린다.

2016년 2월, 백운복 삼가 적음

1부 '서정'이라는 무한한 자유

2부 시작품과 말 걸기

1부

'서정'이라는 무한한 자유

part · 1

'시라는 것'에
다가가기

'시라는 것'에 다가가기

시에 다가가기 위해서 가장 먼저 발을 내디뎌야 할 인식과 관점이 무엇인가. 시에 관한 원론적 논의와 비평의 이론은 시를 이해하는데 얼마나 큰 도움이 될 수 있을까. 혹여 전문화되어 있거나 소란스러운 논의들이 시에 다가가는데 오히려 방해되는 것은 아닌가. 어차피 이러한 의문 자체가 시를 이해하거나 감상하는데 어떠한 도움도 되지 못한다.

그렇다면 **'시라는 것'**에 가장 편안하게 다가가기 위해서 처음 걸음걸이를 옮겨가면서 어떤 생각을 염두에 둘 필요가 있을까. 그것은 아마 다음 세 가지 문제라고 생각한다. **"문학은 감동으로 말한다.", "시는 '서정'문학이다.", "누가 시를 쓰고 읽는가."**

1) 문학은 감동으로 말한다

너무나 당연한 말이지만 '문학은 감동으로 말한다.' 감동으로 다가서지 못하는 문학은 결코 진정한 문학, 적어도 좋은 문학일 수는 없다.

그렇다면 문학의 무엇이 우리에게 감동을 주는가? 우리가 문학에 감동을 받는 것은 과연 문학의 어떤 속성 때문인가?

사실 그동안의 수많은 문학에 대한 연구와 문학비평의 다양한 관점들은 바로 그 감동의 실체를 찾기 위한 노력이었다고 해도 과언은 아닐 것이다. 그러나 그 감동의 실체는 마치 종교적 신비 체험처럼 여전히 신비로움을 간직한 채 비평이론의 그물에 잡히 지 않고 있다.

이처럼 불가사의한 감동의 실체는 크게 두 가지 방향으로 접근 해 갈 수 있다고 본다.

첫째는 경이로움의 경험이다.

이것은 다른 말로 낯설음의 경험, 새로움의 경험이라고 할 수 있다. 우리는 현실 속에서 경험화된 기성체제로써의 상투형과 일 상성 속에서는 놀라움을 체험할 수 없다. 문학이론가들이 즐겨 사 용하는 '낯설게 하기' defamiliarization나 '낯설음의 시학' 같은 용어 는 바로 이 같은 문학의 특성을 설명하기 위한 것이다.

우리는 초등학생의 일기나 일상적인 인식들에서 경이로움을 경 험하지 않는다. 그렇다고 경이로운 대상과 현실이 따로 정해져 있 는 것도 아니다. 결국 경이로움의 경험은 일상적인 것을 거부하거 나 배반하는 데에서 얻어진다. '어떻게 이럴 수가?' 하는 충격이 우리의 의식을 긴장으로 일깨우고 종국에는 '아, 그럴 수도 있겠 구나!'로 새롭게 경험되는 것이 곧 낯설음의 경험이며, 새로운 감 동이다. 이는 곧 동일한 대상이나 현실에 대한 서로 다른 반응과 인식이 곧 문학의 세계이고, 새로운 의미의 다양한 확대라는 사실을 말해준다. 독자가 일찍이 경험하지 못한 새로운 경이로움과 만나는 경우 감동은 오기 마련이다.

그렇다고 이 낯설음의 경험이 황당무계하거나 결코 있을 수 없는 당혹스러움만으로 이루어진 것이라면, 다시 말해 낯섦 그 자체만을 위한 작위적인 낯설음으로 이루어진 것이라면 생소함으로 인한 충격만 있을 뿐 결코 감동으로 다가올 수 없다. 결국 새롭고 낯선 현실이나 제재를 묘사해 내는 재주에 감탄하는 것이 아니라 그 낯섦 속에 웅크리고 있는 주제의식, 그것이 감동의 실체이다. 곧 감동은 무엇을 대상으로 한 것이냐의 문제가 아니라 그 대상이나 현실을 어떻게 인식하고 표현해 냈느냐의 문제인 것이다.

두 번째 감동의 실체는 재인식의 경험이다.

문학에 있어서 언어로 형상해 가는 과정이라는 것 자체가 한 막연한 상태에서 명료한 상태로 옮아가는 과정이며, 형체가 없는 것을 형체가 있도록 하는 과정이요, 혼돈에서 질서로 정돈되어 가는 과정이다. 독자가 현실이라고 하는 막연하고 잡다한 혼돈 속에서 그저 어슴푸레하게 지나쳐 가는 어떤 것들을 작품은 구체화시켜 '바로 이것이었구나!' 하는 느낌을 갖게 한다.

문학은 인생에 대한 막연한 생각, 삶과 죽음, 그리고 사랑에 대한 막연한 인식들, 혹은 정치 사회 문제나 교육, 여성 문제 등에 대한 막연한 생각들을 구체적으로 재인식하면서 실감의 감동을 느끼게 한다. 한마디로 막연히 스쳐 지나치거나 관념적으로 생각하는 인생과 사회의 많은 것들을 구체적으로 재인식시켜 '아, 바로 이것이었구나!' 하는 감동을 일으켜 주는 것이다.

문학은 결코 관념적으로 설명하거나 직접적으로 가르치는 것은 아니다. 단지 어떤 정서나 사건 장면을 제시해 보여줄 뿐이다. 문학이 독자에게 교육적 기능을 갖는다고 해서 학문이나 철학, 과학에서 하는 것처럼 관념적인 지식을 전달하는 것은 아니다. 문학은 독자에게 즐거움을 주고 감동을 주는 가운데 간접적으로 인생의 진리를 가르치는 것이다. 또한 지식은 축적되는 것이지만 감동은 항상 새로운 흥분과 생동력으로 우리를 일깨우며, 공감의 체험을 통해 삶을 새롭게 느끼도록 해 주는 것이다. 문학은 7평 영세민 아파트의 불편함과 70평 아파트의 편리함을 설명해 주는 것이 결코 아니다. 그 속에서 사는 사람들의 정신세계나 행복과 진실의 무게와 가치를 읽어내려고 하는 것이다.

바늘구멍에서 우주를 보아내고 앙상한 가을의 나뭇잎에서 삶과 죽음의 경계를 발견하며, 아가의 숨소리에서 신의 소리와 인간 원형의 음악을 감지해 내는 그 위대한 보아내기와 새로운 이름짓기 ― 작가들은 바로 이 일을 누구보다도 진지하고 성실하게 해내는 사람이기에 위대하다고 할 수 있다.

어차피 일상 속에 산재해 있는 모든 것들이 문학의 제재가 될 것이지만, 문학의 세계는 무엇을 그렸느냐에 달려 있는 것이 아니라 그것을 어떠한 인식과 세계관으로 보아냈느냐에 달려 있다. 인간과 세계 사이에 새로운 매듭을 만들어 이름 없는 사물에 이름을 부여하고, 이미 있어온 현실이나 대상에 낯설고 의미심장한 새로운 의미를 부여하는 일이 곧 문학의 세계를 형상하는 일이다. 작가는 이 개성적 매듭짓기를 위해 삶에 대한 진지한 태도와 성실성으로 일상에의 치밀한 몰입과 보아내기에 혼신을 다해야 할 것이다.

우주의 모든 대상과 현실은 항상 무한한 형태로 열려 있으며, 작가에 의해 새롭게 매듭지어지기를 기다리고 있다. 문학의 세계는 곧 이 새로운 매듭짓기와 그것의 구체화인 것이며, 독자는 그 매듭을 풀면서 경이로운 감동을 체험하게 되는 것이다.

진정한 문학이란 인간이란 무엇인가, 인생이란 무엇인가를 끊임없이 질문하고 인생의 의미를 발굴해 내는 심오한 사상성을 내포하고 있어야 한다. 그 해답은 영원히 찾을 수는 없겠지만 그 질문하기와 해답찾기를 얼마나 진지하고 성실하게 수행하고 있는가에 문학의 참된 가치가 있는 것이다.

2) 시는 '서정'문학이다

너무나 당연한 말 같지만 시는 창작하는 '서정(抒情)'문학이다. 소설이 이야기를 서술하는 '서사(敍事)'문학이며, 희곡이 연출을 위한 '극(劇)'문학인데 대해 시는 인간의 감정과 생각을 그려내는 문학이라는 의미이다. 또한 문학작품은 '만드는'(make) 것이 아니라 '창작하는'(create) 것이다. 이는 예술이란 무엇인가라는 질문의 해답을 찾아가면서 일반적으로 가장 먼저 제기되는 문제이기도 하다. 예술은 창작하는 것이지 만드는 것이 아니라는 말이다. 우리는 흔히 일상적인 물건들, 예를 들어 구두나 전자제품 등은 '만든다.'라고 하고 예술작품은 '창작한다.' 또는 '창조한다.'라고 한다.

그렇다면 만드는 것과 창작하는 것의 가장 큰 차이는 무엇인가. 만든다는 것은 어떤 정해진 틀에 맞추어 얼마든지 똑 같은 것들을 생산해 내는 것이오, 창조한다는 것은 이 세상에 오직 한 번, 그리고 하나밖에 없는 것을 창출해 내는 것을 의미한다. 따라서 생산품은 생명력이 없는 하나의 사물에 불과하지만, 창작품은 창조자의 정신이 생명력을 지니고 영원히 살아 움틀거린다.

한편 시는 모든 문학 중에서도 가장 사적(私的)이고 개인적인 양식이다. '서정'이란 명칭대로 시는 개인의 감정과 정서를 그리는 문학이다. 시를 1인칭의 문학이라고 하는 이유도 여기에 있다. 그리고 '그린다.'라는 것은 이미지를 강조한 말이기도 하다. 이미지는 관념적이고 추상적인 대상이나 정서를 구체적이고 개성적인 것으로 육화(肉化)시켜 보여주는 시의 가장 근본적인 표현방법이라고 할 수 있다. 따라서 새롭고 독창적인 이미지 조형은 시에서 그만큼 중요한 항목이라고 할 수 있다. 한 개인의 주관적인 정서가 한 편의 시작품 속에 이미지를 통해 응축되었을 때 독자는 신비스러운 교감(交感)을 통해 이른바 공감을 하게 된다.

그렇다고 이 사적인 개인의 감정이 난해하고 애매모호함을 정당화시킬 수는 없다. 그것은 어디까지나 시라는 양식을 통해 질서화 되어야만 인정될 수 있는 개성인 것이다. 이러한 시의 양식적 특성을 빌미로 근자에는 해체시라든지 포스트모더니즘이란 미명 아래 난해성의 극단과 작위적(作爲的)인 언어놀이를 마치 새로운 경향의 전위적 기법인 듯이 독자를 오도하는 시들이 많은 것은 참으로 안타까운 일이다.

우리가 어떤 대상과 현실을 바라다보고 인식하는 관점은 실로 너무나 다양할 수 있다. '나무 위에 있는 두 마리 새'라는 하나의 대상이 있다고 하자. 우리는 단순한 그 대상에 대해 무수히 많은 반응을 보일 수 있다. a. 나무 위에 두 마리 새가 있다. b. 나무 위에 두 마리 새가 앉아(서) 있다. c. 가지가 앙상한 나무 위에 두 마리 새가 슬피 울고 있다. d. …… 정답게 지저귀고 있다. e. ……
배고파 울고 있다. f. …… 사랑을 속삭이고 있다. …… 등 그 대
상을 기술하거나 표현하는 모습은 헤아릴 수 없이 많을 것이다.
여기서 사실적 현상에 대한 객관적 기술은 "나무 위에 두 마리
새가 있다." 일 뿐이다. 나머지 모습들은 모두가 그 대상을 바라
보는 화자의 주관이 개입된 표현이며, 나아가 그 대상은 화자 자
신의 감정을 표현하기 위한 하나의 수단에 불과한 것이다. 한 예
로 "두 마리 새가 슬피 울고 있다."라는 표현은 결국 화자의 슬픈
정서를 드러낸 것이요, 나아가 화자의 슬픈 정서를 표현하기 위해
화자가 선택한 하나의 대상이라고 할 수 있다.

이처럼 시라는 것은 객관적 사실을 기술하는 것이 결코 아니라
화자, 즉 시인의 개인적 정서와 감정을 표현한 것이다. 시인이 선
택하는 언어기호나 제재, 운율이나 이미지 등 시의 모든 구성요소
들은 결국 그 대상에 대한 기술이 아니라 시인이 표현하고자 하
는 어떤 사상이나 감정을 표현하기 위한 기호나 수단이라고 할
수 있다. 곧 한 편의 시는 시인이 궁극적으로 표현하고자 하는 어
떤 주제를 담는 가장 적절한 그릇으로 선택된 것이라고 보아야
할 것이다.

3) 누가 시를 쓰고 읽는가

시는 누가 쓰고, 누가 읽는가. 시인과 시인 아닌 사람을 구분하는 잣대는 있는 것인가. 있다면 그 기준은 과연 무엇인가. 그리고 시를 읽는 독자는 누구인가. 시를 읽고 이해하기 위한 독자가 되기 위해서는 어느 정도 식견을 지녀야 하는가. 이러한 질문도 또한 끝이 없을 것이다.

숨죽여 살금살금
나무에 다가가서

한 손을 쭈욱 뻗어
잽싸게 덮쳤는데

손안에 남아있는 건
매암매암 울음뿐

초등학교 1학년 읽기 교과서에 실려 있는 김양수의 「매미」라는 동시 전문이다. 이 정도 작품이라면 시인의 상상력과 서정을 빌지 않아도 누구나 쓸 수 있는 발상이오, 서정의 매듭짓기라고 볼 수 있다. 굳이 시인의 역량을 언급한다면 행 가름과 연 가름, 그리고 리듬의 조화를 구축해낸 형상력 정도를 들 수 있을 것이다.

그렇다면 이 시를 읽는 독자는 어떤 사람일까. 시에 대한 또는 동시에 대한 어느 정도의 식견을 가진 자라야 이 작품을 읽고 이해할 수 있을까. 물론 초등학교 1학년 학생들에게 읽히려고 읽기 교과서에 수록한 동시이다. 그렇다면 초등학교 1학년 학생은 이 작품을 어떻게 읽을까. 아마 매미 잡던 일을 떠올리며, 푸드득 잘도 빠져 날아가 버렸던 매미를 떠올리게 될 것이다. 그리고 즐겁게 리듬을 따라 읊어보도록 하면 된다. 그 정도만으로도 이미 훌륭한 이 시의 독자이다. 초등학생에게 "손 안에 남아 있는 건/ 매암매암 울음뿐"이라는 표현의 의미를 설명하도록 요구할 필요는 없다. 그 아이들은 설명을 들어도 이해하기 힘들 테니까. 어떤 목표를 향해 최선을 다해 살아온 인생이지만, 언제나 결국 얻게 되는 것은 허상('울음소리')뿐이라는 시지포스 신화의 모티프를 원용한 그 원형적인 주제를 이 동시에서 공감해내는 것은 우리 어른들의 몫이니까.

한 편의 짧은 시를 통해 생각을 좀 더 가져가도록 해보자.

웃으며 수줍게 그냥 하는 말

바다에 나가면 친정어머니 같이 항상 주시잖아요.

찰진 파문(波紋)을 일으키는 구릿빛 민낯

바다가 그녀의 말 따라 그냥 수줍게 웃는다.

　필자가 직접 쓴 「해녀의 말」이라는 제목의 시 전문이다. 이른바 시적 화자의 모습이나 목소리는 단순히 전달자 역할이거나 이어주는 연결어 역할을 할 뿐이다. 이 작품에 등장한 모든 시어들은 물론 하나의 행을 동시에 하나의 연으로 처리한 형식까지도 유기적으로 통합되어, '찰진 파문'이라는 자연의 놀라운 경이로움을 창출해내고 있다.

　"바다에 나가면 친정어머니 같이 항상 주시잖아요"라고 '웃으며 수줍게 그냥 하는' 해녀의 말에는 어떠한 수식도 기교도 없는 말 그대로 '그냥 하는 말'이다. 그만큼 순수하고 소박한 삶의 태도를 보여주는 표현이다. 그녀의 '구릿빛 민낯'이 '찰진 파문'을 일으킨다는 표현에서는 그녀의 순수함과 파도의 무늬가 완전히 하나가 된 시의 경이를 느낄 수 있다. 따라서 4연은 그녀와 바다가 수줍은 웃음으로 완전히 하나로 일체가 된 모습이다.

　우주의 모든 대상과 현실은 항상 무한한 형태로 열려 있으며, 작가에 의해 새롭게 매듭지어지기를 기다리고 있다. 문학의 세계는 곧 이 새로운 매듭짓기와 그것의 구체화(형상화)인 것이며, 독자는 그 매듭을 나름대로 풀어가면서 경이로운 감동을 체험하게 되는 것이다.

그렇다. 문학은 어쩌면 모든 인간에게 가장 자유롭게 열려있는 행위체인지도 모른다. 게다가 여타의 예술 행위체들과는 달리 시간과 공간의 제약도 받지 않는다. 언제 어디에서나 생각과 감성만 있으면 서정이라는 무한한 자유를 누리는 문학행위는 이루어질 수 있으니 참으로 축복받은 연희(演戲)가 아닐 수 없다. 결론적으로 감정과 생각을 지니고 살아가는 인간이라면, 어떤 대상과 현실에서 서정과 감동의 움직임을 체험하는 인간이라면 누구나 시를 쓰고 읽을 수 있다.

그렇다면, 시인과 시인 아닌 사람, 시의 독자가 되기 위한 요건 등에 대한 경계가 모호해진다. 결국 누구나 시를 쓰고 시를 읽는 것이다. 문제는 등단여부나 시에 대한 식견보다는 시를 대하는 순수하고 적극적인 자세가 가장 중요한 것이다. '나는 언제 어디를 통해 등단했노라', '나는 누구에게 사사를 받았고 누구의 추천으로 문단에 나왔노라', '나는 무슨 문학상을 받았노라' 등등의 의복이 결코 시를 창작하는 자격이라든지 스펙이 될 수는 없다. 그것은 마치 이미지의 현란함만 넘치고 아무런 감동도 흘러나오지 못하는 껍데기 시를 보는 듯이 허탈할 뿐이다. 시는 오직 시로써 말해야 하는 법이다.

시인들이여, 독자들이여, 지금부터라도 솔직해지자. 시 껍데기를 가지고 장난치는 말놀이꾼 노릇과, 그 껍데기 시들을 이해하지도 못하면서 장식처럼 걸치고 다니는 위장독자 노릇을 이제부터라도 그만두도록 하자. 시인이라는 인간을 드러내기 위해 시를 쓰는 것이 아니라, 시에게 봉사하기 위해 시를 써야할 것이다. 시의 독자들 또한 시에 대한 식견과 독서량을 자랑하기보다는 순수하고 적극적인 독서를 통해 감동에 젖어드는 참된 독자이어야 할 것이다.

진정한 문학은, 인간이란 무엇인가와 인생이란 무엇인가를 끊임없이 질문하고 인생의 의미와 가치를 발굴해내는 심오한 사상성을 내포하고 있어야 한다. 만일 그 해답을 영원히 찾지 못할지라도, 그 질문하기와 해답찾기를 얼마나 진지하고 성실하게 수행하고 있는가에 문학의 참된 가치가 있는 것이다. 어쩌면 시인은 이 세상에서 인생의 참된 가치와 진정한 행복이 무엇인가를 가장 진지하고 성실하게 되묻는 질문자일 것이다.

part·2

시와
소통하기

시와 소통하기

시와 소통하기 위해서는 모든 소통의 출발이 그렇듯이 무엇보다도 먼저 순수하고 적극적인 태도로 시의 말(시적 화자의 목소리)을 경청하는 일로부터 시작해야 한다. 일반적인 의사소통의 경우 의사를 담은 매개체(보통 언어이겠지만)를 사용하게 될 것이며, 그 매개체는 화자와 청자가 공유하는 것이어야 할 것이다.

시와의 소통을 위해서 갖추어야 할 예비도구들, 즉 시인(엄밀히 말해서 시적 화자)과 독자(청자)가 상호 소통을 위해 **공유해야 할 문법들**은 무엇인가. 그리고 시의 독서는 일반적인 독서와 어떤 차이가 있는가. 시를 읽고 소통하는 가장 바른 **시 독서법**은 과연 어떤 것인가.

1) 시와 소통하기 위한 문법들

시와의 소통을 위해 갖추어야 할 예비도구들은 논리와 관점에 따라서 너무나 다양하고 복잡할 수 있을 것이다. 어쩌면 수많은 시 이론가와 비평가들이 쌓아온 논쟁들이 곧 그러한 예비도구들을 탐색해온 결과물이라고 할 수 있다.

그러나 중요한 것은 시가 건네는 말을 이해하고 공감하여 내 안으로 공유하는 일이다. 혹여 혼미한 논리와 관점들이 시와의 소박한 소통을 방해한다면, 그러한 논쟁은 시의 독서를 위해서는 오히려 독소(毒素)일 뿐이다. 시와 소통하기 위해 필요한 문법을 공부하는 것은 어디까지나 작품을 이해하고 공감하는데 도움이 될 때에 한해서 의미가 있는 것이다.

(1) 시를 구성하는 요소들

한 편의 완성된 문학작품은 그것을 구성하고 있는 여러 부분들이 구조적인 통일을 이루고 있다. 우리가 문학의 여러 구성요소들을 한 부분씩 따로 떼어 논의하는 것은 이해의 편의를 위한 것이지 그 구성요소들은 결코 따로 떨어져 존재할 수 없다. 한 편의 시작품에서 시어나 리듬만을 따로 떼어서 이해하거나, 이미지나 시적 화자만을 독립시켜 논한다는 것은 무의미한 일인지도 모른다. 설사 어떤 부분에 주의를 기울여 규명하고자 한다면, 그것은 전체를 이해하기 위한 필요에서 이루어지는 것이다.

아리스토텔레스의 다음과 같은 말은 구조의 개념을 이해하는데 매우 유익하다.

부분들의 구조적 통일은 그들 중 하나라도 위치가 변하든가 제거되었을 때 전체가 흩어지고 교란될 그런 성질의 통일이다. 있으나 없으나 마찬가지로 아무런 뚜렷한 변화를 가져

오지 않는 부분은 전체에 대한 유기적 부분이 되지 못한다.[1]

문학의 구조란 하나의 전체를 이루는 모든 요소들의 총합이며, 모든 부분들은 주어진 위치에서 각각의 주어진 역할을 담당하면서 서로서로 유기적으로 연결되어 전체를 구성하고 있다는 것이다.

이처럼 문학작품은 그 구조상으로 볼 때, 구성요소 중 어느 하나만을 따로 떼어서 생각할 수 있는 것이 결코 아니다. 곧 하나의 문학작품을 이루는 데 참여한 모든 구성요소들은 유기적으로 상호 연결되어 구조적 통일을 유지함으로써 비로소 완결된 하나의 의미 덩어리인 한 편의 통일된 전체, 즉 작품이 된다고 할 수 있다.

구조란 이처럼 치밀한 내적 조직을 가지고 있는 하나의 완성된 형상을 말한다. 따라서 하나하나의 요소는 그것을 이루는 전체와 다른 구성요소들 간에 유기적으로 맺고 있는 내적인 관련에서 다루어지지 않으면 안 된다.

그렇다면 한 편의 시는 어떠한 구성요소들로 이루어지는가. 이것은 시를 어떻게 바라다보느냐에 따라 견해를 달리할 수 있으나, 대체로 시의 언어(시어), 리듬(운율), 이미지, 시적 화자와 어조(語

---

1) 박철희, 『문학개론』(형설출판사, 1985), p. 105. 재인용.

調), 구조 등을 들고 있다. 시작품을 접하면서 표면적으로 가장 먼저 눈에 들어오는 것은 시어와 행·연 등일 것이다. 그리고 점차 시를 읽어나가면서 감지하게 되는 것이 시적 화자와 어조, 리듬 및 이미지 등일 것이다. 이어서 시어와 이미지 등에 함축된 의미까지를 이해하게 되면 마침내 시작품의 구조적 특징과 주제를 공감하기에 이를 것이다.

(2) 시적 화자와 어조(語調)

모든 말과 글은 화자가 있고, 제재가 있으며, 청자가 있다. 즉 담화는 특정한 인물이 특정한 어조로 특정한 사물이나 현실에 대하여 특정한 사람에게 행해지는 것이다. 따라서 말과 글의 의미는 자연히 그러한 여러 가지 요소들의 상호연관 속에서 파악해야만 정확히 이해할 수가 있다.

시는 주관적 경험의 자기표현이라는 점에서 청자 또는 독자의 기능이 약화될 수 있는 것은 사실이나, 그렇다고 완전히 배제되는 것은 아니다. 시에서 청자의 문제는 보는 관점에 따라 다양하게 제기될 수 있겠으나, 일반적인 말과 글, 또는 서사나 극에서의 청자와는 엄연히 구분될 성질의 것임에는 틀림없다.

서정적 장르는 화자가 일방적으로 우위에 서서 자아를 세계화하는 주관적 장르이다. 따라서 시에서의 의미와 분위기는 화자의 태도에 의해 지배된다. 설사 청자가 존재한다고 해도 다른 양식의 글과는 달리 그는 화자에게 심리적으로 종속될 뿐이다.[2] 이처럼 시의 청자는 화자의 정서와 태도에 걸맞은 인물로 동화되기 마련인 것이다.

서사는 근본적으로 서술자가 남(작중인물)의 이야기를 독자에게 말해주는 양식이다. 소설은 하나의 독립된 존재로서의 작가나 작품은 강조하지 않는 대신 반면에 청중, 즉 독자의 존재를 가정하고 있는 본질적으로 대리경험의 장르이다.[3] 그리고 극 형식은 하나 이상의 화자를 제시하여 한 화자의 인격이 다른 화자의 인격과 대결되기를 요구하는 양식이다.[4] 그러나 시에는 소설과는 달리 작가와 작품은 존재하지만 청중은 존재하지 않는 것으로 가정될 수 있으며, 화자와 청자가 서로 대결함으로써 주제를 형성해나가는 극과는 달리 한 화자를 제시하며 청자는 그 화자에 종속될 뿐이다. 따라서 "소설은 경험되고 희곡은 관람되고 시는 엿들어진다."[5] 시의 청중은 화자의 발언을 단지 엿듣는 자일 뿐인 것이다.

따라서 시를 담화의 한 양식으로 보면 실제 작가와는 구분되는 시적 화자와 이 화자의 목소리인 어조가 연구의 대상이 될 수밖

---

2) G. T. Wright, *The Poet in the Poem*, 김준오 역, 『가면의 해석학』(이우출판사, 1985), pp.270-271. 참조
3) C. 카터 콜웰, 『문학개론』, 이재호 · 이명섭 역(을유문화사, 1991), p.121. 참조
4) G. T. Wright, 『가면의 해석학』, 앞의 책, pp.270-271. 참조
5) C. 카터 콜웰, 앞의 책, p.207.

에 없다. 시적 화자와 어조의 선택은 곧 시인이 표현하고자 하는 내용이나 주제에 가장 적합한 태도나 입장을 취한 결과일 것이기 때문이다.

그동안 많은 시 이론가들이 시적 화자의 유형을 관점에 따라 여러 양상으로 구분해 온 것은 사실이다. 김준오(金埈五)는 실제의 시인과 독자는 텍스트 밖의 인물이라고 보고 텍스트 내에서 '표면에 나타난 화자와 청자', '현상적 화자', '현상적 청자', '나타나지 않는 화자와 청자' 등 네 가지 양상으로 분류하여 논하고 있다.6) 또한 장도준(張道俊)은 청자의 설정이 필요하지 않다는 전제에서 화자가 표면에 나타나는 경우(현상적 화자)와 표면에 나타나지 않는 경우(함축적 화자)로 양분하고, 표면에 나타나는 화자를 다시 '허구적 주체로서의 화자', '시인의 시점을 한 화자', '허구적 객체로서의 화자'로 세분하고, 표면에 나타나지 않는 화자는 '함축적 시인의 시각'과 '객관 제시형'으로 세분하여 논하고 있다.7) 그리고 윤석산(尹石山)은 '시인과 관계에 따른 유형', '신분에 따른 유형', '담화의 담당 층위에 따른 유형', '태도에 따른 유형' 등으로 대별하고, 각 유형마다 다양한 화자의 유형을 나누고 있다.8) 이처럼 시적 화자에 대한 논의는 보는 관점에 따라 매우 다양

---

6) 김준오, 『시론』(삼지원, 1991), pp.204-209. 참조.
7) 장도준, 『현대시론』(태학사, 1995), pp.181-195. 참조.
8) 윤석산, 『현대시학』(새미, 1996), pp.116-132. 참조.

하게 제기될 수 있을 것이다. 그러나 앞에서도 언급한 바처럼 시적 화자와 어조는 선택의 문제이다. 시인은 자신이 표현하고자 하는 내용과 주제에 가장 합당하다고 믿는 태도나 입장에 따라 시적 화자나 어조를 취하게 될 것이다. 따라서 앞의 논자들처럼 규범적으로 유형화하여 시적 화자를 논한다는 것은 시의 자율성을 지나치게 제한하려 하는 오류를 범할 위험이 있다.

시적 화자의 선택은 어디까지나 자율의 문제이며, 얼마든지 다양한 형태를 지닐 수 있다. 우리가 관심을 가져야 할 것은 시적 화자의 유형이 아니라 한 편의 작품에 나타난 시적 화자의 양상과 어조가 그 작품의 내용과 주제를 형상하는 데 얼마만큼 유효적절한 선택이었는가를 논의하는 일이 되어야 할 것이다.

우리가 시적 화자와 어조의 문제에 관련하여 어떤 유형화를 필요로 한다면, 시적 화자가 쓰고 있는 탈, 즉 퍼스나를 유형화하기보다는(이것은 사실 시의 본질상 불가능한 일이다.) 시인이 자기가 하고 싶은 말이나 의도를 어떤 형태의 목소리를 통해서 나타내는가에 관심을 갖는 것이 오히려 유효하다고 본다.

(3) 자아와 세계의 동일성

서정시란 본질적으로 어떤 대상의 기술이나 재현이 아니라 주관적 경험의 자기표현이다. 시인이 선택하여 형상해내는 대상과 현실의 새롭고 낯선 모습들은 결국 시인의 내적 세계를 표현하는 제재(題材)인 것이다. 한 편의 시작품은 이처럼 시인이 현실을 보는 안목이며, 그것의 인식이다. 사물과 사물을 연관지우고 인간과 세계 사이에 새로운 매듭을 만드는 일, 그것이 바로 시적 인식이다. 이 인식행위는 세계는 내가 되고 나는 세계가 되는 이른바 함께 나누어 갖기 Mitteilung에 몰입하는 행위이며, 시로 승화된 새로운 세계는 곧 그 몰입양상의 구체화라고 할 수 있다.

이러한 과정을 겪으며 시인이 재창조한 새로운 세계질서를 통해 우리는 시인의 내재적이고 잠재적인 인식을 읽어내며, 그것을 감동적으로 재체험하는 것이다. 한 편의 시작품은 바로 시인이 대상이나 현실을 어떻게 인식하고 있는지, 자아와 세계가 함께 나누어 갖는 일을 어떻게 수행해 갔는지를 우리에게 보여준다.

이처럼 시적 인식은 과학적 진리와 지식으로 알게 되는 일상적 인식의 세계를 부정하고 항상 새로운 세계로 지향한다. 이것이 시적 인식이 지니는 가장 큰 속성이다. 사실 한 대상에 대한 어떠한 지식도 그 대상이 있는 그대로의 대상의 모든 모습에 대한 지식일 수는 결코 없게 마련이다. 오히려 반대로 한 대상의 여러 면이 무시되고 어떤 특수한 면만이 개념적으로 추출되었을 때에만 지식은 성립하게 된다.9)

---

9) 박이문, 『시와 과학』(일조각, 1984), p.39. 참조.

가령 '달'이라는 대상을 놓고 생각할 때, 우리의 일상적 지식과 인식은 "달은 月(Moon)이다."에 머무를 수밖에 없다. 단지 막연한 달, 추상적이고 관념적인 달일 뿐이다. 그러나 그 인식이 깊어갈수록 어떤 사람은 어릴 적 고향에서 보았던 보름달을 떠올릴 수도 있을 것이며, 오염된 대기로 인해 사라져버린 도시의 달을 떠올릴 수도 있을 것이다. 다시 말해서 공적인 의미로써의 달이 아닌 개인적 의미로써의 달이 구체화될 것이다. 이 개인적으로 체험된 달의 의미는 일상적인 달이라는 언어 기호로는 도저히 표현할수 없으며 자신만의 독특한 기호체계에 의해서만 가능하다.10) 이처럼 개성적이고 구체화된 내용이 시적 인식이며, 한 편의 시작품은 결국 그 인식의 표현이며 형상이다.

앞에서 살핀 바대로 시적 인식이란 우주의 어떤 대상이나 현실을 있는 그대로 보고 인식하는 것이 아니라, 그 세계를 자아화하여 여태 있어 본 적이 없는 그 무엇인가를 새롭게 보아내어 새

---

10) 이 점과 관련하여 화이트(David A. White)의 견해는 매우 시사적이다. 그는 시적으로 생각하기(poetizing)와 일상적으로 생각하기(thinking)를 대비고찰하고 있다. 즉 "이 양자는 모두 언어로 말하는데 입각함으로 그 매체만으로는 차이점을 알 수 없다. 차이점을 찾기 위해 유일하게 남아있는 조건은 주어진 실체에 근거를 둔 것이다. 이 점에서 시적으로 생각하기는 신성 그 자체인 실체에 이름을 부여하는 것이다. 결론적으로 일상적으로 생각하기는 전체를 말해주고 시적으로 생각하기는 그 전체를 지배하는 부분 – 특정한 시기에 그 전체 안에 있는 모든 실체에 유일성을 결정하는 부분 – 에 이름을 부여하는 것이다."라고 설명해보이고 있다.(David A. White, *Heidegger and Language of Poetry*, Uni. of Nebraska press, Lincoln and London 1978, pp.154-156. 참조)

로운 세계를 창조해내는 인식이다. 시인이 세계를 자신의 내부로 끌어들여서 그 세계를 자아화하는 동화(同和)의 방법을 취하든, 자신을 상상적으로 세계에 투사하여 일체감을 이루는 투사(投射)의 방법을 따르든, 이는 대상에 주관적 감정을 이입하는 활발한 활동을 통해 이루어진다. 이 감정이입은 자아와 세계의 활동적인 교류를 의미한다.[11] 곧 세계는 내가 되고 나는 세계가 되는 함께 나누어 갖기의 활동인 것이다.

이처럼 시적 세계관은 한마디로 자아와 세계의 동일성 또는 일체감이다.[12] 이 동일성으로서의 만남은 자아와 세계가 각기 특수한 성질을 유보하고 하나의 새로운 동일성의 차원으로 승화되었을 때 미적 체험이 된다.

> 달걀의 꿈은 병아리다.
> 그러나 이 도시에서는
> 병아리로 부화될 수 없는 달걀만이 달걀이다.

---

11) 우리가 관조대상이 감각적 현상으로 표출된 내용을 직접적이고 감정적으로 파악할 때는, 실제적으로 그것과 비유적인 자기의 감정을 자기의 내부로부터 대상에 투사하며, 그밖에도 이것을 대상에 속한 것으로서 체험하는 것이다. 이렇듯 일종의 독특한 심적 활동을 감정이입이라고 한다. (편집부 엮음, 『미학사전』, 논장, 1988, p.327.)

12) 카이저는 자아와 세계가 자기표현적 정조의 자극 속에서 융합하고 상호침투하는 것, 곧 '대상성의 내면화'가 서정시의 본질이라고 했다. V. Kayser, *Das Sprachiliche Kunstwerk*(김윤섭 역, 대방출판사, 1982), p.520-521. 참조.

몇 달 전에 망해 버린 내 친구 양계업자
빈털터리가 된 그는 이제
외로운 밤시간을 갖게 되었지만
양계장에는 밤이 없다.
밤이면 낮보다 더 강렬한 불빛이
오직 생산!
생산만을 다그친다.

밤은 꿈꾸는 시간
꿈꾸면서 사랑을 나눈다는 관념은
그 양계장
양계장 같은 도시의 번영을 위협하는
불온 사상이다.
그리고 암탉들은 실제로
사랑하지 않았기에 더 많은 달걀을 낳는다.

그것은 태어날 때부터
병아리로 부화될 꿈의 염색체가 제거된 달걀,
유해한 콜레스테롤의 함량이 극소화되면서
하얗고 깨끗하게 표정도 지워진
우량품 달걀.

병아리는 이 도시 어디에서도 찾아볼 수 없다.
다만 망해 버린 내 친구 양계업자의
외로운 밤시간에 환청으로만
길 잃은 한 마리가 삐약거릴 뿐이다.

—이형기, 「병아리」 전문

달걀이 지니고 있는 일반적 특성을 상실하고 새로운 의미내용을 형상해내고 있다. 즉 '병아리로 부화될 수 없는 달걀만이 달걀'일 수 있는 것이다. 이는 곧 시적 자아와 세계가 함께 나누어 가지면서 새로운 동일성의 차원으로 승화된 시적 인식이요, 시적 세계관이다.

"양계장에는 밤이 없다.", "양계장 같은 도시의 번영", "사랑하지 않았기에 더 많은 달걀을 낳는다.", "하얗고 깨끗하게 표정도 지워진/우량품 달걀." 등과 같은 비극적 아이러니의 표현들에서도 우리는 자아와 대상이 각기 특수한 성격을 상실하고 새로운 동일성의 차원으로 승화되어 주제를 형상해 가고 있음을 알 수 있다.

이처럼 시적 인식과 시적 세계관은 무엇을 대상으로 했느냐의 문제가 아니라 그 대상에 어떻게 일체화하면서 반응했느냐의 문제이다. 따라서 시란 결국 시인이 우주의 현실과 대상을 여하히 인식하고 반응하였는가 하는 그 시인의 대현실안(對現實眼)을 보여준다. 동일한 대상이나 현실에 대해 수없이 다양한 시적 인식이 나타나는 것은 곧 시인의 서로 다른 대현실안의 차이에 근거한 것이다. 이처럼 시의 세계는 동일한 제재가 시간과 공간에 따라, 시인이 의도하고자 한 모티프와 주제에 따라 각기 다양한 의미로 변형·재창조된 세계인 것이다.

(4) 시어가 일으키는 잔잔한 파문

문학을 다른 여타의 예술장르와 단적으로 구별하는 가장 범박한 변별적 요소는 표현매체로써의 언어이다. 즉 문학은 언어로 미를 창조하는 예술로서 언어를 떠나서는 결코 존재할 수 없다.

인간은 언어와 더불어 사유하는 존재이다. 인간의 의식이나 의미화는 물론, 특이한 체험들을 포괄하고 사상을 교감하는 것도 모두가 언어를 통해 이루어진다. 시인도 사유하는 존재로서 자신의 체험과 정서와 사상을 표현하기 위하여 의당 언어를 선택하고 배열한다. 그러나 문학, 특히 시에서 사용하는 언어는 일상적인 언어처럼 그리 쉽게 규정될 성질의 것은 아니다.

시인이 언어를 선택하는 것은 일상적인 생활에서 인간들이 언어를 선택하여 사용하거나, 학자가 학술논문을 쓰기 위해 언어를 선택하고 배열하는 것과는 근본적으로 다르다. 일상적인 생활 속에서의 언어사용은 상호간의 의사소통을 위한 가장 편리하고 보편적인 전달의 수단으로 사용되는 것이요, 학자는 자신의 주장을 논증하기 위하여 거기에 합당한 말을 수단과 도구의 차원에서 선택하는 것이다. 그러나 시인이 시작품으로의 형상을 위해 선택하는 언어는 단순한 기술상의 언어가 아니라 심미적이고 사유적인 차원에서 이루어지는 것으로 그 자체가 어떤 특별한 의미를 지니고 있다.

그렇다면 문학에서 사용되는 언어는 다른 언어들과는 구별되는 특별한 것인가. 아니면 언어는 동일한데 사용방식이 다른 것인가. 이러한 질문은 그동안의 문학논의에서 중요하게 다루어지는 문제의 하나이다. 특히 시의 경우 언어, 즉 시어의 문제는 시론의 중심 과제가 되고 있으며, 그에 대한 견해 또한 매우 다양한 것이 사실이다.

엄밀히 말해서 시의 세계는 언어로 시작해서 언어로 끝난다. 시인의 체험과 사상과 정서는 언어로 표현되며, 한 편의 시작품은 언어의 통합체이고, 시의 의미 또한 언어에 의해 독자에게 전달될 수밖에 없다. 그렇다고 시에서 사용되는 언어가 따로 있는 것은 결코 아니다. 그것은 언어가 지닌 기능상의 특징이며 사용방법상의 차이인 것이다.

시어가 일상어와는 달리 특수한 기능과 성격을 갖는다고 해서 일상어와는 다른 별개의 언어체계로 존재하는 것은 결코 아니다.

시어는 시인의 의도와 심미적 효과를 위해 비유적이거나 상징적인 언어로 바꾸어 사용하는 '비유적 언어'이며, 감성을 표출하는 '정서적 언어'이며, 음성의 특별한 장치를 이용하는 '운율적 언어'이다. 이러한 특성 때문에 시어와 일상어가 마치 다른 언어처럼 느껴지는 것이다.

과학언어나 일상 언어는 자신의 논리나 생각을 객관적이고 공적(公的)으로 진술하여 상대에게 같은 생각을 갖도록 전달하는 동기에서 사용되는 언어이다. 그러나 시의 언어는 전달동기에 의해서 사용되는 것이 아니라 시인의 주관적 감정과 정서를 표현하기 위한 동기에서 선택되는 언어인 것이다. 따라서 일상생활에서의 언어는 전달의 매체이며, 시에서의 언어는 표현의 매체이다.

일상어와 비교하여 시어가 지니고 있는 특징은 다음과 같다.

① 내포적 언어

언어는 외연denotation과 내포connotation의 두 의미로 분류된다. 이 이원적 의미상은 외연적 언어와 내포적 언어가 따로 존재하는 것을 의미하는 것이 아니라 한 언어가 기능적으로 두 가지 측면을 지니고 있음을 의미하는 것이다.

외연은 일반적이고 객관적이며, 사전적인 의미이다. 그만큼 고정되고 한정된 기존의 의미로 언어의 외연적 사용은 개념의 정확성을 목표로 한다. 따라서 그 언어와 언어가 지시하는 대상 사이에는 1 대 1의 정확한 대응관계가 성립한다. 즉 하나의 언어는 그에 상응하는 하나의 대상, 곧 의미내용을 가리키며 누구에게나 같은 메시지가 전달된다. 일상의 언어생활에서는 정확한 의사소통을 위해 필요한 언어이기 때문에 약속된 외연적 의미를 사용하게 된다.

그러나 문학, 특히 시에서 사용되는 언어는 그 언어가 지닌 일반적인 외연의 의미를 그대로 차용하여 사용하는 것이 결코 아니다. 시의 언어는 시인이 자기의 감정과 체험을 담기 위해 선택하는 하나의 기호로서 특수하고 새로운 의미를 부여한 언어이다. 따라서 그만큼 주관적이고 함축적이며 언어와 언어가 지시하는 대상 사이에는 1 대 다(多)의 관계가 성립한다. 외연으로서의 일상어가 공적이라면, 내포로서의 시어는 개인적 언어이다.

예를 들어 '달'은 '月'이라든지, 'Moon' 등으로 설사 그 기호는 다르다 하더라도 사전적 의미는 모두 같다. 한자어권이나 영어권의 일상적 의미사용이 우리와 다를 리 없다. 그러나 시 속에 표현된 '달'은 작품에 따라 각기 다른 의미를 지니고 있다. 가령 초오서 Chaucer의 시에서는 꽃피는 이미지로, 바이런 Byron의 시에서는 누런 황금그릇으로, 엘리어트 Eliot에겐 잔인한 달로, 그리고 우리의 고전시가에서는 주로 사랑하는 임의 얼굴로 표현된다. 이와 같이 시인의 경험과 정서에 따라 대상의 의미와 이미지는 얼마든지 다르게 나타날 수 있는 것이다.

> 사람들 사이에 섬이 있다
> 그 섬에 가고 싶다
> — 정현종 「섬」 전문

이 한 편의 짧은 시를 보더라도 시의 언어는 외연적 의미를 차용한 언어가 아니라는 것을 잘 알 수 있다. 이 시에서 '섬'이라는 언어를 단순히 외연적 의미로만 이해하려 한다면 당혹할 수밖에 없을 것이다. 심지어는 진술 자체가 잘못되었다고 생각할 것이다. 그것은 '섬'이라는 시어가 지닌 내포적 의미를 이해하지 못한데서 온 것이다.

리차즈가 언어의 과학적 용법과 정서적 용법을 구분한 것도 실은 외연과 내포에 대한 인식과 다름 아니다. 또한 신비평가인 테이트 A. Tate는 시적 긴장tension은 외연 extension과 내포 intension, 양자의 조화에서 생긴다고 하였다.[13] 그만큼 외연과 내포가 양극에서 모든 의미를 포괄하고 유기적으로 조화를 이루는 것이 시어의 진정한 모습임을 강조한 것이다.

---

13) A. Tate, "Tension in Poetry", *The Man of Letters in the Modern World*(New York, 1958), p.64.

그렇다고 시에서 사용된 언어가 모두 내포적 의미만을 지니는 것은 아니다. 만일 그렇다면 우리는 시를 전혀 이해할 수 없거나, 이해한다 하더라도 각양각색일 것이며 무질서할 것이다. 테이트가 외연과 내포의 유기적 조화를 강조한 것은 하나의 언어가 지닌 외연과 내포뿐만이 아니라, 한 편의 시작품이 지닌 외연과 내포도 해당되는 것이다.

하얀 창 앞에
마구 피어 오르는 것은
활활 타오르는 불길이다.

바다 앞에
날리운 모닥불 같은 것으로
스스로 전율에 이어 온
사랑

여기 아무도 반거(蟠踞)할 수 없는
하나의 지역에서
가을의 음향을 거두는 것이다.

—임강빈, 「코스모스」 전문

이 시에서 '불길'과 '음향'은 내포적 의미로 해석해야 한다. 만약 불길과 음향을 사전적 의미, 곧 외연적 의미만으로 해석한다면, 이 시는 전혀 이해할 수 없을 뿐만 아니라 잘못된 문장이라고 생각할 수 있다. 코스모스가 불길이고, 가을의 음향을 거둔다는 것은 일상의 언어나 과학의 언어로는 분명 잘못된 진술, 즉 의사진술(擬似陳述) pseudo-statement이다.

그러나 이 시에서 불길과 음향은 의미전달 기능을 하는 것이 아니라 정서환기 기능을 한다. 따라서 제시된 언어에 의해 환기되는 태도와 정서적 효과를 중시해야 한다. 불길은 무리지어 붉게 피어오르는 코스모스의 그 활동력을 정서적으로 표상해 낸 것이며, 음향은 코스모스의 그 전율의 율동을 가을의 음향을 거두는 활동으로 감각적으로 표상한 것이다.

이 내포적 의미는 한 편의 시를 구성하고 있는 조직 내의 다른 요소들과의 의미관련 아래에서 그 모습을 드러낸다. 위의 시에서 불길과 음향의 내포적 의미는 여타의 다른 모든 구성요소들 간의 상호관련 아래에서 비로소 의미화한 것이다. 그런 점에서 외연을 기본적 의미 fundamental meaning라고 한다면 내포는 문맥적 의미 contextual meaning로 볼 수 있다.[14]

시는 언어로 시작되고 언어로써 끝난다. 이런 점에서는 시는

---

14) 김영철, 『현대시론』(건국대출판부, 1995), p.121.

시 아닌 다른 언어 표현과 다를 것이 없다. 그러나 시는 근본적으로 개성적인 언어, 세미오시스semiosis다. 세미오시스는 외연적 의미, 즉 모방적 의미인 미메시스mimesis를 위협한다.15) 미메시스는 대상을 그대로 복사하는 기술적 묘사를 의미한다면, 세미오시스는 시인의 상상력을 통하여 이루어진 주관적이고 심리적인 표현, 즉 주관에 의한 구성적 재현을 의미한다. 표현함으로써 시의 언어는 일상어의 부정이면서 아울러 새로운 의미의 창조이다. 이러한 부정과 창조의 교차에서 시어는 그 의미가 확장되는 것이다.16)

② 개성적, 구체적 언어

예컨대 '바다'라는 단어를 놓고 생각해 보자. 그것의 사전적 의미는 "지구 위의 육지를 둘러싼, 짠물이 괴어 있는 부분. 지구 표면적의 약 3/4에 해당하며 …… 태평양·대서양·인도양·북극해·남극해로 크게 나눔. 여러 가지 생물이 살며 수산 식량자원도 풍부함. …… 에너지 자원도 있으며, 기후에도 큰 영향을 끼침"17)이다. 그러나 우리는 그 사전적 의미를 헤아리기 보다는 우선 그 단어에 대해 막연하고 추상적인 어떤 관념으로써의 바다를 떠올린다. 즉 구체적인 바다를 놓고 바다를 체험하는 것이 아니라, 바

---

15) Michael Riffaterre, *Semiotics of Poetry* : 박철희, 앞의 책, p.158. 재인용.
16) 박철희, 앞의 책, p.51.
17) 신기철·신용철 편저, 『새우리말 큰사전』(삼성출판사, 1985).

다라는 약속된 기호를 놓고 바다를 추상적으로 인식하는 것이다.

그러나 기호가 아닌 사물 자체, 즉 실제로 존재하는 바다를 체감할 때면 그 바다의 의미는 각양각색으로 다양해진다. 어떤 사람은 지난여름 피서 갔던 동해의 바다를 떠올릴 수도 있을 것이며, 또는 고등학교 시절 제주도 수학여행에서 보았던 아름다운 바다나, 산업화로 오염되어 가는 여천 앞바다를 떠올릴 수도 있을 것이다. 만일 바다에 고기잡이 나갔다가 돌아오지 않는 남편을 둔 어부의 아내라면 바다는 또 다른 의미로 인식될 것이다. 그러나 '바다'라는 단어는 그 어떠한 구체적 의미도 거부한 채 하나의 관념적 언어기호로만 존재할 뿐이다. 즉, '바다'라는 언어와 실재의 구체적 바다와는 아무런 상관관계가 없는 자의적이고 추상적인 단순한 기호일 뿐이다.

언어는 인간의 가장 위대한 창조물이자 생활의 방편이다. 언어를 사용함으로써 인간은 다른 동물과 구별되며, 문화와 인류발전도 이루어 왔다. 혼돈된 자연의 세계를 인간의 방식으로 상징화하여 이해할 수 있게 된 것도 바로 언어를 통해 가능해 졌다. 그러나 우리 인간의 일상적인 언어생활은 약속된 기호에 의한 추상적인 인식으로 이루어진다. 그만큼 구체적인 대상 그 자체와는 무관한 세계에서 인간은 생활하고 있다고 할 수 있다. 언어화한다는 것은 개념화, 추상화한다는 것을 의미하며, 추상화는 한 존재 자체가 포괄하고 있는 여러 가지 의미들 중에서 어떤 특정한 의미로의 축소를 뜻한다. 이러한 개념화와 추상화가 인간 문화 속에서 거듭됨으로써, 구체적 사물로서의 실재성은 점점 희미해지거나 왜곡되고 종국에는 구체적 대상을 생각하지 않고 기호(상징) 자체만으로도 사고 할 수 있게까지 된 것이다.18)

언어의 발달은 인간을 그만큼 추상화된 관념의 세계에서 살아가도록 하고 있으며, 자연의 문맥에서 멀어지게 한다. 시의 언어는 대상의 추상화를 거부하고, 언어의 사물성과 구체성을 통해서 자연으로부터의 소외를 극복하려는 노력을 한다. 시의 이러한 노력은 언어를 통해서 언어로부터 벗어나려는 역설적인 노력이 된다.19)

따라서 시의 언어는 추상적이고 관념적인 일상의 언어와는 달리 구체적이고 개성적인, 다시 말해서 인간이 또는 시인이 체험한 실체 그 자체이고자 하는 언어라고 할 수 있다. 시의 언어가 지니는 내포적 의미는 바로 외연의 의미로는 도저히 표현할 수 없는 주관적이고 구체적인 실체험(實體驗)의 의미를 상징적으로 함축한 의미인 것이다.

---

18) 장도준, 앞의 책, pp.85-86.
19) 같은 책, pp.86-87.

③ 애매성의 언어

우리는 이미 언어의 시적 기능과 정서적 용법에 대해 숙지해 왔다. 또한 시어의 특징으로 일반적인 외연적 의미를 그대로 차용하여 사용하는 일상어와는 달리, 주관적이고 함축적인 내포적 의미를 새롭게 부여하는 개인적인 언어임을 살펴왔다. 우리가 흔히 시를 이해할 때, 난해하다거나, 의미가 애매모호하다는 말을 하게 되는데 이것은 바로 시어가 갖는 그러한 특성 때문이다.

일상어나 과학의 언어는 무엇보다 전달이 목적이기 때문에 보다 정확한 개념지시를 의도하며 언어와 지시대상과의 관계는 엄격히 규정된다. 그러나 시어의 경우는 시인의 주관적인 사상이나 감정을 표현하는 것이 목적이기 때문에 명시적으로 의미내용이 파악되지 않는 경우가 많다.

시의 작업은 '최소한의 언어로 최대한의 효과'를 노리는 언어 경제 원칙이 적용된다. 독일어에서 시를 '응축'이라는 뜻을 갖는 'Dichtung'으로 부르는 것이나, 리드 H. Read가 "시는 인상을 압축하고 집중하기 위하여 인상을 싸 넣는 응결활동 activities of condensation"이라고 규정지은 것도 이러한 이유에서이다.

시는 작가와 독자 간의 의사소통을 위한 매개물일 뿐 거기에는 확인과정이 없다. 작가가 제시한 것은 자신의 감정을 자상하게 풀어 쓴 설명이 아니라, 고도로 응축된 표현이기 때문에 독자는 그것을 나름대로 해석하여야 하며 그 확인과정은 간접적일 수밖에 없다. 이러한 과정에서 필연적으로 애매성과 모호성이 생기는 것이다.[20]

모호성(模糊性) obscurity은 과학적 언어에서 요구되어지는 명료성(明瞭性) lucidity에 대립되는 개념으로 기호분해가 명료하지 않기 때문에 일어나는 이해 불가능성이다. 만일 작가가 자신의 감정을 이해 불가능한 정도로 숨기고 왜곡되거나 모호하게 표현했다면 독자들에게 있어서 그 작품은 해석이 불가능할 것이다. 따라서 모호성은 시의 특성에서 배제되어야 할 성질의 것이라고 할 수 있다.

이에 비해 애매성(曖昧性) ambiguity은 기호분해가 두 가지 이상으로 가능하여 다양성의 혼란으로 일어나는 난해성이다. 한용운의 「님의 침묵」에서 '님'의 의미가 조국, 불타, 연인 등으로 해석될 수가 있는 것은 바로 애매성 때문이다. 애매성은 일종의 다의미성(多意味性) plurisignificance으로서 의미의 중층성(重層性) 또는 풍요성(豊饒性) richness이라고도 할 수 있다.[21] 이 같은 이유에서 애매성은 현대시에서 의미를 풍요롭게 하기 위해 긍정적으로 이용되고 있으며, 오히려 중시하는 경향도 있다.

---

20) 김은철 · 백운복, 『문학의 이해』(새문사, 2002), p.90.
21) 김영철, 앞의 책, p.76.

(5) 자율적 리듬의 구현

시를 산문(散文)문학과 대비하여 부르는 명칭은 운문(韻文)문학
이다. 이 때 산문은 당연히 운문의 파격을 의미한다. 우리가 시에
서 운율이나 율격, 또는 리듬 등을 논하는 것은 그것이 시로서의
필수요소이기 때문이다. 곧 운(韻)이 없는 문학은 그것이 아무리
시의 양식을 지녔다고 하더라도 이미 시가 아니라는 말이다.

일반적으로 시의 리듬은 운율(韻律), 곧 운(韻) rhyme과 율격(律格)
meter을 지칭하는 개념이다. 여기서 운이란 같거나 비슷한 소리가
규칙적으로 반복되는 것을 가리키며, 율격이란 말이 갖는 음성요
소의 고저, 장단, 강약이 규칙적으로 반복되는 것을 지칭한다. 운
은 다시 그것이 형성되는 위치에 따라 각각 두운(頭韻), 각운(脚韻),
요운(腰韻)으로 나눈다.

그러나 우리의 고전시가나 현대시의 경우 한시나 영시에서처럼
엄격한 규칙성의 운은 찾아보기 어렵다. 사실 우리말이 부착어이
기 때문에 음절의식이 철저하지 못하며, 따라서 우리 시가는 같은
문절·어절·어휘 등의 반복이거나 단순한 소리의 반복이 있을
뿐이다.22) 그러므로 영시나 한시의 경우와는 달리 음절 강조가
없는 소리의 반복이기 때문에 진정한 의미의 압운어(押韻語)라고

---

22) 김대행, 『韓國詩歌構造硏究』(삼영사, 1975), pp.57-58. 참조.

볼 수는 없을 것이다.

그리고 율격은 음절계산의 리듬인 음수율(音數律)과, 음절수와 더불어 고저·장단·강약 등과 같은 또 다른 형태의 복합적 음절 율격인 음보를 기준으로 하는 음보율(音步律)로 나눈다. 사실 우리 시의 율격논의는 주로 음절수에 따라 논하는 음수율론이 지배적 이었다. 그러나 이 음수율 논의에는 많은 문제점이 있으며, 특히 3·4조, 4·4조가 한국시가 운율의 기본 형태라는 과거의 주장에 대해 최근의 학자들은 공통적으로 이론을 제기하고 있다. 그 공통 된 인식은 국어의 어휘는 2음절과 3음절이 압도적으로 많으며, 여기에 조사나 어미가 첨가되어 3음절과 4음절이 국어 음절을 구 성하는 지배적인 경향이 되며, 이는 시가뿐만이 아니라 우리 국어 의 전반에 나타나는 자연스런 현상이기 때문에 한국시가 운율의 기본적인 형태라고 볼 수 없다는 것이다.[23]

이 음수율론의 대안으로 제시된 것이 음보율론이다. 그러나 음 보율의 운율적 자질이라고 할 수 있는 고저·장단·강약이 우리 국어에서는 변별적 음소로 작용하지 않는다는 점에서 음보율도 문제점을 지니고 있다.[24]

---

23) 이 같은 인식은 정병욱의 『한국고전시가론』(신구문화사, 1976, pp.19-20. 참조)에서 제기된 이래 대부분의 시론서에서 공감하고 있다.
24) 따라서 현재까지 지배적으로 논의되고 있는 음보율은 고저·장단·강약 등의 개념을 배제하고 단지 시의 한 행이(경우에 따라서는 두 행 이상이) 몇 개의 음보로 구성되어 있는가를 논하는 단순음보율론이다.— 조동일, 『서사민요연

현대 자유시의 리듬논의를 위해 과거의 전통적 운율론이 매우 유익한 자료를 제공해 줄 수는 있다. 그러나 논의의 출발에서 무엇보다 중요한 것은 시는 리듬을 떠나서 존재할 수 없다는 사실에 기초할 때, 현대 자유시의 리듬요소는 어떠한 유형이 있을 수 있으며, 그것들은 어떠한 양상으로 리듬실현을 이루어내는가 하는 문제이다.

리듬이 지니는 근본적인 특성은 주기성과 반복성, 즉 서로 다른 어떤 요소들의 교체 반복이 어떤 일정한 주기를 두고 반복하는 속성이다. 여기에 우리가 또 하나 유념해야 할 것은, 언어는 소리와 의미가 일체를 이룬 것으로서 언어의 음악성이나 의미는 홀로 고립될 수 없으며 두 요소가 하나로 되어 시의 경이를 이룬다[25]는 사실이다. 곧 시의 리듬은 반복적이고 규칙적인 소리이면서 그 밖의 다른 구성요소인 말뜻과 결합하여 이루어진다. 따라서 시의 리듬은 시에 나타나는 말소리 및 말뜻을 배열하는 양식이다. 동시에 이것은 단순한 외연적·기계적 배열이 아니라 내면적·유기적 질서를 바탕으로 한다.[26] 과거의 전통적 운율론이 말소리에 무게중심을 둔 것이라면, 현대 자유시의 리듬론은 말소리보다는

구』(계명대 출판부, 1970), 김흥규, 「한국 시가 율격의 이론 Ⅰ」:『민족문화연구』, 13호(고대 민족문화연구소, 1978) 등.
25) E. Staiger, 『시학의 근본개념』, 오현일·이유영 역(삼중당, 1978), p.24.
26) 박철희, 앞의 책, p.143.

말뜻, 즉 의미에 무게중심을 두어야 할 것이다.

정형시의 리듬이 어떤 규칙적인 운율이나 음절수·음보수에 의존하는 외재율이라면, 그러한 외형적 제약에서 자유로운 리듬이 자유시나 산문시의 내재율이다. 자유시는 음보나 어떤 정해진 패턴도 따르지 않고 압운형식도 없지만, 표현되는 사상이나 정서가 리듬 흐름의 바탕을 이룬다.27) 현대 자유시의 리듬논의를 위해 리듬을 우선 외현적 리듬소(素)와 내재적 리듬소로 나누어 접근할 필요가 있다. 이러한 분할은 이미 리차즈I. A. Richards가 제시한 바 있다. 즉, 외현적 리듬은 낱말들의 소리 속에서 실현된 리듬으로 시 속에서 실제로 소리가 맡는 기능으로 나타난다. 이는 율격 형식, 곧 소리들의 실제적인 연속에 내재하는 리듬이다. 이에 비해 내재적 리듬은 낱말들의 소리가 아니라 심리활동 속에 추적되는 리듬, 곧 심리활동으로서의 리듬이다. 이는 낱말들의 의미와 감정을 통해 비로소 이해된다.28)

한국 현대 자유시의 외현적 리듬소는 전통적인 운과 율격에 시의 행(行)과 연(聯)을 통해 실현되는 리듬, 그리고 시의 형태적 특질에서 실현되는 리듬 등을 제기할 수가 있다.

자유시의 외현적 리듬요소가 전통적인 정형시가가 지속해 온

---

27) 백운복, 『시의 이론과 비평』(태학사, 1997), p.74.
28) I. A. Richards, *Practical Criticism*(London, 1973), p.103.

외형률적 요소의 변화된 양상이라면, 내재적 리듬요소는 그 외형률에 대한 자유이면서 동시에 내재율로서의 새로운 질서를 위한 의지라고 할 수 있다. 따라서 현대 자유시의 리듬은 이 내재적 리듬요소를 통해 실현된다고 볼 수 있다. 그만큼 현대 자유시는 규범적인 외형률에서 자유로워지면서, 기술적이고 개성적인 내재적 리듬을 통해 운문으로서의 형식체험을 이루고 있는 것이다.

현대 자유시의 내재적 리듬소로는 의미자질, 모티프, 이미지 등이 유기적 상관관계를 지속하면서 다양한 양식으로 실현되는 리듬을 제기할 수가 있다. 이 세 항목들은 모두 말소리보다는 말뜻, 즉 의미에 무게중심을 둔 것들이다.

① 의미자질과 모티프

앞서 살펴 본 것처럼 동일하거나 유사한 어휘나 구문의 반복으로 실현되는 리듬은 형태적 특질에 의한 외현적 리듬요소로 볼 수 있다. 그러나 드러난 의미로는 동일하거나 유사하지 않다 하더라도 그 내포적·함축적 의미가 동질성을 지니면서 어떤 질서를 이루었을 때, 우리는 리듬감을 감지할 수 있다.

　먼 바다에 떠있는 섬들
　물결에 씻기며

묻이 그리워

즈믄 밤을 잠 못들고 잠방거린다

흐린 날이면

발돋음 하다, 발돋음 하다

물 속에 쓰러지며 흐느껴 운다.

가슴 속 깊은 곳의

아픈 흐느낌,

큰 물결 작은 물결 떼를 이루어

묻을 향해 달려오는

파도가 된다.

사랑이여,

그대 향한 그리움에 잠 못이루는

내 가슴은

먼 바다에 떠있는 섬이 되어 ……

하얗게 흐느끼는 파도가 되어 ……

— 유승우, 「그리움」 전문(밑줄, 활자체 변형—필자)

이 작품에서 전통적인 운율인식, 특히 소리자질과 관련한 어떤
규칙적인 외형률을 찾는다는 것은 거의 불가능하다. 혹여 찾는다
하더라도 그것은 지나치게 주관적이거나 작위적일 수밖에 없을
것이다.

그러나 이 시에서 우리는 어떤 의미자질의 질서를 발견할 수 있다. 즉 밑줄 친 부분은 소리자질은 물론 어휘도 다르지만, 이 작품의 구조 내에서 그 내포된 의미자질이 같거나 비슷한 점을 발견할 수 있다. 그 같은 동질성이 파도와 시적자아의 그리움의 정서를 출렁임과 흐느낌의 이미지로 융합시켜주는 리듬의 효과를 형성해 주고 있는 것이다. 또한 '뭍이 그리워 / 즈믄 밤을 잠 못들고 잠방'거리는 파도와 '그대 향한 그리움에 잠 못이루는 / 내 가슴'의 모티프는 그리움의 서정으로 상호 조응되면서 리듬을 형성한다고 볼 수 있다. 이러한 리듬의 패턴은 시의 정조(情調)는 물론 시의 의미맥락을 유기화하여 주제를 구축하고, 작품의 통일감을 유지하는 데에도 매우 효과적으로 작용하고 있다.

이처럼 현대시의 리듬은 표현되는 사상이나 정서가 흐름의 바탕을 이루며, 그러한 요소들과 패턴이 단순한 배열이 아닌 어떤 내면적·유기적 질서를 형성함으로써 구축된다고 볼 수 있다.

② 이미지

의미자질과 모티프에 이어 자유시의 내재적 리듬소로 주목할 수 있는 또 하나의 요소는 이미지다. 한 편의 시작품 속에 표현되는 다양한 이미지가 단순히 외연적이거나 기계적으로 배열되는 것이 결코 아니라, 내면적이고 상호유기적인 어떤 질서를 바탕으로 상관관계를 유지하면서 구성되기 때문이다. 이러한 질서와 조화가 곧 이미지의 패턴을 이루어 리듬을 실현하게 된다.

살아 있는 것이 미안하다는 듯이 쪼그라진 늙은 짐승 한 마리가 길 모퉁이 응달 아래 주저앉아 굴을 까고 있다. 차갑게 소리내어 떨고 있는 카바이트 불을 향해 갈 곳 없는 성긴 눈송이들 몇점 날 파리떼인 양 날아와 치지직 타 죽는다. 새빨간 혈관의 네온사인이 도시의 피를 빨아들이는 이밤이 깊어가도 주름살 깊게 파인 짐승은 곰팡이 핀 동굴로 쉬이 돌아갈 줄 모른다. 그의 그림자가 무지개빛 아롱진 개울까지 길게 뻗어 水陸兩棲의 괴물처럼 웅크린 채 꿈꾸듯 꿈틀거린다. 아 아, 아무도 보지 못했으리라, 카바이트 불 꺼진 길 모퉁이에서 굴 까는 손이 시커먼 밤의 아가리에 물려 아귀아귀 뜯어 먹히고 있음을! 구겨진 부대자루 하나가 쓰러지듯 그렇게 그는 쓰러졌다.

—이가림, 「길 모퉁이의 生」 전문

이 작품은 행과 연의 구분이 전혀 없는 산문시의 형태를 취하고 있다. 자유시는 행과 연이 구성단위가 되지만 그러한 구분이 없는 산문시는 단락이 구성단위가 된다고 볼 수 있다. 이 작품은 마침표를 기준으로 우선 그 단락을 구분할 수 있다. 그렇게 볼 때,

이 시는 앞에서 검토한 자유시의 외현적 리듬인 행과 연(여기서는 단락)의 형태적 질서와 상호 유기적 상관관계를 유지하고 있다.

그러나 이 작품은 단락에 의한 외현적 리듬보다는 이미지의 질서와 조화를 통한 내재적 리듬이 더욱 중시된다고 볼 수 있다.

우선 중심제재로 선택하고 있는 '늙은 짐승'은 '주름살 깊게 파인 짐승'과 '水陸兩棲의 괴물'로 반복되면서 제재가 지닌 의미를 지속시켜 가고 있다. 또한 "갈 곳 없는 성긴 눈송이들 몇 점 날파 리떼인 양 날아와 치지직 타 죽는다."와 "굴까는 손이 시커먼 밤의 아가리에 물려 아귀아귀 뜯어 먹히고 있음", 그리고 "구겨진 부대자루 하나가 쓰러지듯 그렇게 그는 쓰러졌다." 등에서 표현되는 죽음의 이미지는 상호 지속적 반복을 통한 내면적 진행으로 이루어져 있다. 이러한 유기적 상관성은 이 작품 속에서 만의 독특한 의미형성 뿐만 아니라, 이미지와 이미지들이 상호조응으로 이루어내는 의미망도 유기적으로 조성되고 있음을 알 수 있다. 이러한 지속과 반복을 통한 내면적 진행은 어떤 내적 질서를 형성하여 리듬을 실현하게 된다.

그리고 '새빨간 혈관의 네온사인'과 '곰팡이 핀 동굴', '무지개 빛 아롱진 개울'과 '시커먼 밤의 아가리'가 보여주는 이미지의 반복적 대조는 물론, 이 작품의 다양한 에피세트들이 보여주는 상호 유기적인 조화감 등은 모두가 이미지의 패턴을 통한 내재적 리듬으로 볼 수 있는 것이다.

이처럼 자유시의 이미지는 단순히 기계적으로 선택되거나 나열되는 것이 아니라 상호 유기적인 어떤 질서에 의해 구성되는 것이며, 그 과정에서 자연히 리듬이 실현된다고 보아야 할 것이다.

③ 리듬실현(형상화)의 양상

주지하다시피 한 편의 완성된 문학작품은 그것을 구성하고 있는 여러 부분들이 구조적인 통일을 이루고 있다. 그것은 모든 구성요소들이 전체적으로 이루어내는 거시적인 통합뿐만 아니라, 같은 성질의 구성요소들, 예를 들어 시어와 시어간이라든지 리듬소와 리듬소, 또는 이미지와 이미지 간에 이루어지는 미시적 통합도 어떤 구조적인 통일을 유지하고 있는 것이다.

리듬의 형상화나 실현도 당연히 작품 전체의 구조 속에서 이루어진다. 즉 앞에서 살핀 다양한 리듬요소들은 한 편의 작품 속에서 상호 유기적으로 맺고 있는 내적인 관련성을 유지하면서 리듬으로 실현된다고 볼 수 있다.

리듬이 지니는 근본적인 특성은 주기성과 반복성이다. 다시 말해서 서로 다른 어떤 요소들의 교체·반복이 어떤 일정한 주기를 두고 반복하는 속성이다. 이러한 속성은 작품 전체의 구조 속에서 실현되면서 그 기능을 다하게 되는 것이다.

이 같은 관점에서 볼 때, 리듬실현은 그 형성적 원리에 따라 반복구조, 병치구조, 지속구조, 순환구조 등의 양상으로 논의될 수 있다고 본다.

③-1. 반복과 병치구조

술래잡기만 하면
나는 언제나 술래였다
동네의 허물러진 돌담 모퉁이
또는 전신주에 기대 눈을 감고
무궁화꽃을 피웠다.

애들은 잘도 숨어서
누구도 들키지 않았다
아니 들켜도 나보다 먼저 달려가
술래판을 밟았고
별수없이 나는 또 술래가 되었다.

어느덧 해는 꼴깍 지고
애들은 모두 집으로 돌아가
판은 오래전에 끝나 있었지만

나는 여전히 술래인 채로
혼자 무궁화꽃을 피운다.

이제 애들은 아무도 없다
그래도 누군가를 찾아야 하는 술래
— 찌뽕 잡았다
달려가면 그것은 허깨비였지만
허깨비라도 걸려라 우직한 술래에게

　　　　　　　　　　　　—이형기,「술래잡기」전문

　이 작품에는 우선 술래잡기에서 누군가를 찾아야 하는 술래의
모티프가 작품 전편을 주도하고 있다. 그 모티프는 술래와 찾아야
할 대상의 병치를 통해 내재적 리듬을 형상하고 있다. 곧 '나=술
래'와 '찾아야 할 대상=애들'이라는 인식이 각 연마다 반복되면
서 리듬실현이 이루어지고 있는 것이다. 특히 4연에서는 '애들'이
'누군가'와 '허깨비'로 변환되면서 주제를 강렬하게 하고 있는데,
이것은 변조를 통한 집중화의 효과로 볼 수 있다.
　그리고 이 작품은 각 연이 5행으로 구성되어 있으며, 1연과 2
연은 과거의 현상을, 3연과 4연은 현재의 존재를 대조적으로 병
치하고 있어 행과 연을 통한 외현적 리듬실현도 이루어내고 있다.
여기에 1·2연의 과거형 시제와 3·4연의 현재형 시제 선택이라

든지, 1연 5행의 "무궁화꽃을 피웠다"와 3연 5행의 "혼자 무궁화꽃을 피운다"라는 반복과 변조, 그리고 각 연의 부사어들—'언제나', '별수없이', '여전히', '이제'—의 사용도 위의 병치를 뒷받침하는 형태적 특질의 리듬요소로 작용하고 있다고 볼 수 있다.

이처럼 위의 시는 모티프를 중심으로 다양한 요소들이 병치구조를 이룸으로써 일종의 조화감을 통한 리듬실현을 이루어낸 작품이라고 할 수 있다.

③-2. 지속과 순환구조

반복과 병치구조를 통한 리듬실현이 정적(靜的)인 양상에서 형상화되는 리듬이라고 한다면, 동적(動的)인 형태로 조성되는 리듬실현은 지속과 순환의 구조를 들 수 있다. 이것은 곧 리듬소가 점층이나 점강과 같은 어떤 일정한 방향성을 지속하거나, 일정한 시점에서 시작되어 어떤 움직임을 유지하다가 다시 본래의 시점으로 회귀하는 순환의 형식을 유지하는 리듬실현을 의미한다.

어둠은 새를 낳고, 돌을
낳고, 꽃을 낳는다.
아침이면,
어둠은 온갖 물상(物象)을 돌려주지만

스스로는 땅 위에 굴복(屈服)한다.

무거운 어깨를 털고

물상들은 몸을 움직이어

노동의 시간을 즐기고 있다.

즐거운 지상(地上)의 잔치에

금(金)으로 타는 태양의 즐거운 울림.

아침이면,

세상은 개벽(開闢)을 한다.

                      —박남수, 「아침 이미지 1」 전문

  아침에 대한 근원적 본질을 노래하고 있는 이 작품은 다양한 리듬요소를 지니고 있을 뿐만 아니라, 리듬실현도 매우 복합적으로 형상되고 있다.

  우선 어둠과 아침의 신선한 감각적 이미지가 대조적으로 병치됨으로써 이 작품의 기본적 리듬을 실현하고 있다. 그리고 마침점을 기준으로 한 5개의 의미단락은 구문의 형태적 특질 면에서도 동일한 양식의 반복으로 이루어져 있으며(4단락은 변조로 볼 수 있다.), 각기 이 작품을 구성하는 내재적 리듬소(素)로서 반복과 병치구조를 형상화하고 있다. 곧 각 단락의 의미구조는 의미자질이나 모티프는 물론 이미지의 측면에서도 상호 반복과 병치구조로 유기적인 질서를 유지하고 있는 것이다.

또한 그러한 반복과 병치는 기(1-2행)·승(3-5행)·전(6-10행)·결(11-12행)의 지속구조로 리듬을 실현하고 있다. 여기서 5단락인 마지막 두 행, "아침이면,/ 세상은 개벽을 한다."는 각 단락의 형태와 의미를 결합하면서 동시에 끊임없는 재분할을 주도하는 이중의 기능을 지닌다. 이는 곧 회귀적 순환성을 의미하며, 끝없이 되풀이되는 어둠과 아침의 원형적 순환성을 표현하는 데 유효적절한 선택이라고 볼 수 있다. 이 작품은 그만큼 의미와 주제를 표현해내는 데 리듬의 기능을 최대한으로 활용한 것이라고 할 수 있다.

(6) 이미지가 그려내는 의미조형

시인은 느끼고 체험한 것을 그대로 서술하거나 설명하는 것이 아니라 어떤 감각적 또는 지적 표상을 통해 간접적으로 표현한다. 그래서 '인생은 허무하다'고 말하지 않고 '인생은 다만 걸어가는 그림자'라고 표현한다. 인생은 허무하다고 했을 때 그것은 추상적이고 관념적인 데 지나지 않는다. 그러나 걸어가는 그림자라고 했을 때 그것은 더 구체적이고 생생한 인식을 주게 된다. 이런 의미에서 보면 이미지는 표현상에 있어서 추상적인 것을 구체화시키는 방법이다.

이미지를 포착하기 위해서 시인에게는 상상력이 요구된다. 과거의 감각상 혹은 지각상의 체험을 재생시키고 구체적인 표상으로 재현하기 위해서는 이미지를 포착하고 추적하는 힘이 필요한 것이다. 이 상상력은 비단 시인에게만 필요한 것이 아니라 독자에게도 필요하다. 상상력이 빈약한 독자는 아무리 좋은 이미지에 접해도 감동을 체험할 수 없다.[29]

한 편의 시작품을 그 시의 구조 전체로 밝힐 때, 시를 구성하는 가장 중요한 요소가 되는 것은 이미지다. 관념적이고 추상적인 것이 시작품 속에서 개성적이고 구체적인 것으로 밝혀지고, 그 작품 속에서 만의 독특한 의미를 지니게 되는 것은 바로 이미지를 통해서 가능해진다. 따라서 대상에 대한 시적 반응과 인식은 이 이미지를 통해 재현되며 구체화하는 것이다.

"시는 추상이 아니라 구체적으로 특수한 것을 통하여 추상의 의미를 전달한다."[30]고 할 때, 이 특수한 것은 곧 이미지를 지칭한다고 볼 수 있다. 그만큼 관념의 구체화로서의 이미지는 대상과 서정의 시적 조응을 통해 시작품에 표상된 시인의 미적 경험이다.

사실 '말로써 이루어진 그림'[31]이라든지, '신체의 지각작용에 의해서 제작되어지는 감각의 마음 속 재생'[32]이라는 이미지의 정

---

29) 김은철·백운복, 같은 책, pp.109-110.
30) C. Brooks & R. P. Warren, *Understanding Poetry*, 4th ed.(New York, 1976), p. 208.
31) C. D. Lewis, *The Poetic Image*(도명화 역, 정음사, 1956), p.25.
32) Alex Preminger(ed.), *Encyclopedia of Poetry and Poetics*, (Princeton Uni. Press, 1965),

의나, 우리말로 '심상(心象)' 또는 '영상(映像)'이라는 번역처럼 '마음속에 그리는 언어에 의한 그림'이라는 이미지 의미는 광범위하기는 하지만 이미지의 개념을 이해하는 출발이라고 할 수 있다.

앞서 지적했듯이 시인은 느끼고 체험한 것을 그대로 서술하거나 설명하는 것이 아니라 그것을 어떤 감각적 또는 지적 표상으로 간접화하여 재생시켜야 한다. 체험을 재생시키고 구체적인 표상으로 재현하기 위한 수단이 이미지인 것이다.

한 편의 시는 그 자체가 이미지의 한 단위이며 한 편의 시 가운데는 여러 개의 이미지들이 포함되어 있다. 그런 이미지들을 통해서 시는 다양하고 복합적인 체험을 감각적인 실체로 제시할 수 있으며, 시의 전체적인 내용과 정서는 각개의 이미지들의 유기적 결합에 의해서 형성되는 전체적 이미지를 통해서만 파악할 수 있다.

엄밀히 말해 시에서 언어는 이미지가 되며, 이미지가 없는 시는 존재할 수 없다. 그만큼 이미지는 시의 의미와 내용을 담아내는 하나의 용기(容器)요, 시인의 감정과 정서를 간접적으로 드러내는 객관적 상관물이다. 앞에서도 강조한 바처럼 이미지는 시인이 전달하고 싶은 추상적 관념이나 실제 경험 또는 상상적 체험들을 미학적으로 그리고 호소력 있는 형태로 형상화시킬 수 있는 수단이다. 따라서 이미지는 결국 시의 의미를 전달하는 기능을 수행한

p.363.

다.33)

흔히 정신적 이미지, 비유적 이미지, 상징적 이미지라고 유형화하는 것은 곧 이미지 형성의 방법에 따른 분류 명칭이다.34) 또한 각각의 이미지들은 그 감각자극 기관의 차이에 따라, 그리고 조성 방법의 차이에 따라 매우 다양한 명칭으로 분류되고 있다.

이미지의 조성은 표현기법상의 다양성에도 불구하고 결국 감각적 인식(感覺的 認識)이거나 유추적 전이(類推的 轉移), 또는 주지적 대치(主旨的 代置)의 세 가지 원리에 의한다. 시에 있어서의 이미지 조성은 이 세 가지 원리에 근거를 두고 있다고 할 수 있다. 다만 이미지 구사의 방법은 작가나 작품에 따라 얼마든지 다양한 형태로 나타날 수 있다.

① 감각적 인식(感覺的 認識)

이미지의 조성원리 중에서 가장 단순하면서도 보편적인 방법이

---

33) 이 이미지의 기능을 좀 더 상세히 검토해 보면, 첫째로 시인이 전달하고자 하는 관념과 정서, 즉 시의 의미를 육화(肉化)하는 기능이 있다. 둘째로 대상을 모방적으로 재현하는 기능을 들 수 있으며, 셋째로 새로운 사물과 관념을 창조하는 기능을 들 수 있다. 넷째로는 강열하고 신선한 인상을 주어 독자의 인식세계를 강하게 자극할 뿐만 아니라 자율적 해석을 확대해 주는 기능을 들 수 있다. 그리고 다섯째로 시적 정서와 분위기를 조성하고 전체 의미를 유기화하여 하나의 주제로 응결시키는 기능 등을 들 수 있다.

34) 프레밍거 A. Preminger의 세 가지 유형, 즉 정신적 이미지 mental image, 비유적 이미지 figurative image, 상징적 이미지 symbolic image 의 분류가 그 대표적인 예이며, 이 구분은 현재까지 거의 보편적으로 수용되고 있다.

감각적 인식을 통한 이미지 형상이다. 이는 언어발달의 단계에 맞추어 볼 때, 가장 초보적인 이미지 조성방법이다. 기존의 이미지론에서 정신적 이미지로 논의해 온 언어에 의해서 우리의 마음속에 떠오른 감각적 이미지뿐만 아니라, 그 밖의 다양한 수사를 통해 이루어질 수 있다. 그런데도 기존의 논의에서는 오감(五感)의 자극 부위를 중심으로 감각의 종류를 따지는 일을 기초로 하여 표현상의 특성에 따라 매우 선택적이고 제한적으로 감각적 이미지를 논의해 왔다.

그러나 어떤 관념이나 대상을 감각적으로 인식함으로써 그 대상을 구체화하려는 방법으로 선택된 것이라면 모두가 감각적 이미지로 보아야 할 것이다. 따라서 기존의 한정적이고 분류적인 감각적 이미지라는 용어 대신 보다 포괄적인 '감각적 인식'이라는 용어를 이미지 조성의 한 원리로 설정하고자 한다.

결국 유추적 전이나 주지적 대치의 이미지 조성원리가 아닌 다른 방법으로 이루어진 이미지는 모두 감각적 인식으로 포괄시킬 수 있다. 유추적 전이나 주지적 대치가 원관념과 보조관념을 전제로 한 유사성과 인접성의 상호작용에 의해 형성되는 이미지라고 한다면, 감각적 인식은 어떤 추상적 관념이나 대상을 구체화시키고 형상화하기 위해 보조적인 어떤 수사나 감각적 인식을 차용하여 수식하는 형태로 이루어진 이미지라고 할 수 있다.

② 유추적 전이(類推的 轉移)

감각적 인식에 이어 이미지 조성의 원리로 설정할 수 있는 또 다른 방법은 유추적 전이이다. 이는 우선 전통적인 수사학이나 이미지론에서 비유로 논하는 것들과 관련이 있다고 볼 수 있다. 사실 이 비유야말로 전통적 이미지론에서 가장 많은 논의와 비중을 차지해 왔다.

기존의 논의에서 전제로 삼고 있듯이 이 비유는 일종의 비교로서 반드시 이질적인 두 사물의 결합양식으로 이루어진다. I.A.리차즈가 체계화한 수사적 용어를 사용하면 원관념 또는 취의어(趣意語) tenor와 보조관념 또는 매체어(媒體語) vehicle의 결합이 비유다. 취의는 비유하고자 하는 원뜻이고, 매체는 취의를 드러내기 위한 말이나 이미지를 말한다. 리차즈는 매체어와 취의의 공존은 단순한 장식이 아니라 그들의 상호작용 없이는 달성될 수 없는 어떤 의미로 귀착되는데, 이 때 그 의미는 취의와는 명백하게 구별된다는 점을 강조하고 있다.35) 이처럼 취의와 매체어는 각각 독립적으로 서로의 의미를 강하게 살리고 있으면서도 상호 협동적으로 작용하여 또 다른 생명력 있는 의미를 창조하는 것이다.

한편 비유의 근거는 유추, 즉 두 사물 사이의 유사성 또는 연속성에 있으며,36) 두 사물의 어떤 동질성에 의해 비유는 성립하게

---

35) I.A.Richards, *The Philosophy of Rhetoric*(Oxford Uni. Press, 1965), p.100.

된다. 결국 유추를 통한 유사성의 발견과 그 발견의 결과 한 대상의 의미를 다른 대상에 전이시켜 표현하는 것이 비유의 근본원리라고 할 수 있다.

③ 주지적 대치(主旨的 代置)

감각적 인식과 유추적 전이에 이어 세 번째 이미지 조성원리로 설정할 수 있는 것이 주지적 대치이다. 이 방법은 우선 전통적인 수사학이나 이미지론에서 상징으로 논하는 것들과 관련이 있다고 볼 수 있다.

이미지로서의 상징은 그 성격상 주로 비유와 비교하여 논의되고 있다. "비유에서 원관념을 떼어 버리고 보조관념만 남아 있는 형태"라거나 "취의(first term)가 생략된 은유"37), 또는 "상징은 은유의 원리가 고도화된 것으로서 은유의 이미지가 종착한 곳에서 시작된다. 은유에 의해서 발생된 이미지가 반복해서 출현하면 보다 큰 의미의 영역을 가리키게 되는데 이 재현하는 이미지가 상징인 것이다"38)와 같은 논의들을 그 예로 들 수 있다.

또한 문학적 상징의 유형에 대한 논의는 대체로 그 환기력의

---

36) 전통적인 비유론에 의하면 유사성에 의한 양자의 관계맺음을 은유라고 하고, 인접성에 토대한 관계를 환유라고 한다.
37) C. Brooks & R.P. Warren, 앞의 책, p.556.
38) 김영철, 앞의 책, p.206.

범위나 탄생 주체에 따라 개인적 상징과 관습적 또는 보편적 상징, 그리고 원형적 상징의 셋으로 나누고 있다.[39)]

개인적 상징은 그 시인만의 체험을 바탕으로 채택한 상징으로 어떤 하나의 작품 속에만 있는 단일한 상징이나 어떤 시인이 자기의 여러 작품에서 특수한 의미로 즐겨 사용하는 상징을 말한다. 반면 보편적 상징은 역사적·문화적 배경을 같이하는 집단의 구성원이라면 누구나 이해할 수 있는 제도적이고 인습적인 대중적 상징을 의미한다. 그리고 원형적 상징은 역사나 문학, 종교, 풍습 등에서 무수히 되풀이되는 이미지나 화소(話素), 또는 테마를 채택하는 것으로 인류에게 꼭 같거나 유사한 의미를 지니는 상징을 말한다.

유추적 전이에서도 강조했듯이 상징의 논의도 비유와 관련하여 그 특성을 밝히고 구성상의 성질에 따라 세분화하여 다양한 종류로 유형화하는 것이 그 목적이 되어서는 안 될 것이다. 우리가 시에서 비유나 상징을 논하는 것은 어디까지나 그것이 시의 이미지로서 어떤 기능을 지니고 있다는 전제에서 유효한 것이다.

사실 상징은 전통적인 논의처럼, 비유와 비교할 때 단지 원관

---

39) M. H. Abrams, *A Glossary of Literary Terms* (Holt, Rinehart and Winston Inc., 1971), pp. 168-169. ;
P. Wheelwright, 앞의 책, pp. 94-100. ; W. Y. Tindal, 앞의 책, p. 5. 등 참조.

넘이 생략되었거나 제시되지 않은 형태라고만 보기는 어렵다. 오히려 원관념의 의미를 다양하게 헤아릴 수 있도록 하는 일종의 열린 이미지라고 할 수 있다. 시인에게 있어서도 더 이상은 구체화할 수 없는 어떤 강렬한 의미나 주제의식을 바로 이 상징을 통해 제시하고 있다고 보아야 할 것이다. 물론 숨어있는 원관념을 찾아내는 것은 독자들의 몫이다.

상징적 이미지는 단일한 감각적 이미지나 비유적 이미지가 아니라 한 시인의 작품 전체를 통하여 반복적으로 드러나는 이미지 패턴이나 이미지군에 대한 연구를 통해 밝혀지는 것이다. 이런 의미에서 상징이라는 수사적 명칭보다는 그 기능을 유념한 '주지적 대치'를 감각적 인식과 유추적 전이에 이은 또 하나의 이미지 조성원리로 설정하고자 한 것이다. 이 주지적 대치는 곧 시의 주제를 지향하는 특수하고 개성적인 등가물이거나 반복적으로 드러나는 이미지의 개성적 패턴으로서의 대치물로 볼 수 있다.

이미지의 논의는 전통적인 유형처럼 감각적 이미지, 비유적 이미지, 상징적 이미지를 구분하거나, 또는 필자가 새롭게 제기한 감각적 인식, 유추적 전이, 주지적 대치의 조성 양상을 구분하는 것 자체에 그 의미가 있는 것은 결코 아니다. 우리가 시에서 이미지를 논하는 것은 장르적 특성상 시의 의미를 구체화하는 가장 중요한 요소가 되는 것이 이미지이기 때문이다. 따라서 이미지의 유형보다는 이미지의 기능과 가치에 유념해야 할 것이며, 각각의 이미지들이 어떻게 새로운 의미를 창출해내는가에 초점이 모아져야 할 것이다.

이미지의 진정한 가치는 시의 전체적 문맥과 구조를 통해서만 파악될 수 있는 것이다. 그러므로 시의 이미지는 구조의 개념이며, 구조를 통해서 그 의미가 파악되어야 하는 것이다.[40) 아무리 새롭고 참신한 이미지 구사가 이루어졌다 하더라도 그것이 시의 구조 속에서 이미지로서의 기능과 의미융합을 통한 의미론적 변용이나 제 3의 의미체계를 이루어내지 못한다면 결코 시적 이미지라고 할 수 없다.

(7) 유기적으로 형성되는 내용

시어가 일으키는 잔잔한 파문에서 이미 강조했듯이, 어떤 대상이 단순한 재료일 때의 성질과 소재가 되어 작품의 구성요소가 되었을 때의 성질은 달라진다. 시의 세계는 대상이나 재료의 단순한 모방이나 재현이 아니라, 시적 인식과 시적 세계관을 그 대상에 투영하여 표현한 것이기 때문이다. 따라서 시의 구성요소들은 그 자체들로 독립적인 의미를 지니는 것이 아니라, 긴밀한 내적

---

40) 장도준, 앞의 책, p.142. 참조.

조직을 가짐으로써 비로소 새롭게 창조된 그 작품 속에서 만의
독창적인 의미를 지니게 되는 것이다.

민들레씨를 따라
허공을 날자한들
흙 속의 질긴 인연
차마 뜰 수 없는가
핏줄만 까망 낟알로
방울방울 맺혔네.

쭉 곧은 잎새마다
바람으로 채운 동굴
칼끝에 묻어나는
매몰찬 독소(毒素) 풀어
아! 정녕 너는 바보스런
지휘봉이 그리메.

너 죽어 내가 사는
인과(因果)의 무대 위에
새하얀 독백으로
백혈구만 춤추는가
도시 속 화분을 딛고 선

베란다의 파수꾼.

—신순애, 「파꽃」 전문

현대시조에서 가장 흔히 볼 수 있는 세 수의 연작형식을 취하고 있는 작품이다. 첫째 수에서는 파꽃의 양태와 속성을, 둘째 수에서는 꽃을 매달고 있는 곧은 잎새를, 그리고 셋째 수에서는 꽃과 잎새의 인과적 속성을 감각적으로 그려내고 있다. 시적 자아의 목소리는 겉으로 드러나지 않고 있으며, 서정과 인식은 파꽃의 묘사에 몰입되고 있다. 그만큼 파꽃의 양태와 속성은 본래의 실재적 의미와는 다른 새로운 이름을 부여받으면서 우리에게 구체적으로 다가온다.

시인의 인식과 시적 세계관은 곧 이 새롭게 재창조된 파꽃의 의미 속에 스며있는 것이다. 특히 '핏줄만 까망 낟알로'나 '칼끝에 묻어나는/매몰찬 독소 풀어', 그리고 "새하얀 독백으로/백혈구만 춤추는가"와 같은 묘사는 세 수의 시적 의미를 상호 유기적으로 이어주는 역할을 할 뿐만 아니라, 파꽃의 형상을 그만큼 새롭고 감각적으로 그려내는 데 매우 효과적으로 맺어져 있다. 이는 대상을 치밀하게 관찰하여 그것을 새롭게 인식하고 재체험해 낸 결과이다.

도시 속 화분에 심어져 있는 단순한 파꽃을 통해 인간의 질긴 인연과 인과적 윤회를 보아내는 것은 곧 시적 인식과 시적 세계 관의 특징에 다름 아니다. 시의 창작행위란 이처럼 어떤 대상이나 현실에 새로운 이름을 부여하는 명명행위이며, 그 새로운 이름은 결코 독립적으로 존재할 수 없으며 항상 부분과 부분, 부분과 전체의 상호 유기적 맥락 속에서 비로소 의미화하기 마련이다.

　단순한 소재로 널려있는 수많은 대상들이 시인의 서정과 만나면서 그 소재는 비로소 생명을 부여받아 새롭게 열리며, 독특하고 개성적인 매듭을 이루어 한 편의 작품 속에 유기화하기 마련이다. 그러나 그 새롭게 매듭짓기와 유기적으로 의미형성하기가 얼마나 개성적이고 독창적이냐에 따라 그 작품이 우리에게 체험시켜 주는 감동의 모양은 다양할 수밖에 없다.

　　A. 내마음 버혀내여 저 달을 맹글고저
　　　　구만리 장천에 반듯이 걸려 이셔
　　　　고온 님 겨신 곳에 가 비최여나 보리라

　　B. 冬至ㅅ달 기나긴 밤을 한 허리를 버혀 내여
　　　　春風 니블 아래 서리서리 넣었다가
　　　　어론 님 오신 날 밤이여드란 구비구비 펴리라

　A는 정철(鄭澈)의, B는 황진이(黃眞伊)의 잘 알려진 시조이다.

이 두 작품은 일단 공통의 제재와 모티브가 있다. 즉 '달'과 '베어낸다'는 소재와 행위가 있으며, 모두 임에 대한 그리움의 서정을 노래하고 있다. 그러나 이 두 시조가 우리에게 주는 감동은 매우 다르다. 그 이유는 각 시인이 제재와 서정을 어떻게 매듭짓고 있는가에 달려 있다.

A시조에서 '달'은 구만리장천에서 모든 것을 비추는 보편적인 의미로 재현되고 있으며, 시적 자아가 달이 되고자 하는 갈망도 임 계신 곳을 달처럼 비춰보고자 하는 서정으로 나타나 있다. 곧 이는 시조구조에 참여하기 이전의 단순한 재료일 때의 달의 성질이나, 작품 내용에 참여하여 구성요소가 되었을 때나 같은 성질만을 지님으로써 단지 모방(Mimesis)의 차원일 뿐이다.

그러나 B시조는 '동짓달 기나긴 밤'을 단순히 시간의 장단으로 인식하는데 그치지 않고 임에 대한 그리움의 길이로까지 새롭게 함축하여 인식해 내고 있다. 또한 A시조에서는 내 마음을 베어내어 달의 보편적 속성에 투사하고자 하는 데 반해, B시조에서는 보편적 시간질서까지를 파괴하여 자아화한다. '기나긴 밤'의 '한 허리'를 베어내는 행위는 중장과 종장과의 상호 유기적 맥락에 의해서 비로소 개성적으로 새롭게 의미화한다(Semiosis). 곧 임이 없는 긴 밤을 베어내어 짧게 인식하고자 하고, 그 베어낸 길이만큼 차곡차곡 쌓아 두었다가 짧게 느껴지는 '어론 님 오신 날 밤'

이면 굽이굽이 펴고자 한 것이다. 이는 시간의 길이에 대한 이중의 의미 부여이며, 곧 이 작품 속에서만 획득된 새롭고 독창적인 의미의 창출이다.

이처럼 A시조는 보편적 인식에 대한 모방과 진술을 관념적으로 제시하고 있는 데 반해, B시조는 새롭고 개성적 인식에 대한 구체적인 창조를 유기적으로 재구성해 내고 있다. A시조보다는 B시조에서 보다 역동적인 서정성과 감동을 느끼게 되는 것은 바로 그 같은 대상과 서정의 개성적 매듭짓기와 유기적 의미형성하기의 독창적인 모양에 기인하는 것이다.

지금까지 살펴 온 바처럼 시의 본질적 특성은 대상이나 현실을 새롭게 보아내는 시적 인식과, 자아와 세계가 각기 새로운 의미를 나누어 가짐으로써 일체화하는 시적 세계관, 그리고 작품 속의 구성요소들이 상호 유기적인 친밀한 내적 조직으로 결속되어 새롭고 독창적인 의미로 재구성된다는 유기적 의미형성으로 갈무리될 수 있다.

표현대상으로서의 소재, 즉 제재(題材)는 단순한 재료일 때와 문학작품의 구성요소가 되어 구조에 참가할 때에 따라 그 성질이 달라진다. 예를 들어 작품 속의 구성요소가 된 '달'이 단순한 재료일 때의 '달'의 성질을 그대로 답습하지 않는다. 즉 작품 구조에 참가하면서 제재는 이제 단순한 재료로서의 의미를 뛰어 넘어 그 작품 속에서 만의 독특한 의미(내용)로 재창조되는 것이다. 이처럼 구조 속에서 새롭게 창조된 의미가 곧 내용인 것이다. 다시 말해 표현소재는 예술적 형성을 이루지 않은 재료상태의 것을 말함이고, 내용은 형성된 소재의 내적 의미를 가리킨다. 즉 내용은 형식에 참여한 소재로서 '형성된 소재'인 것이다.[41)]

> 여기서부터, ── 멀다
> 칸칸마다 밤이 깊은
> 푸른 기차를 타고
> 대꽃이 피는 마을까지
> 백년이 걸린다
>
> ── 서정춘, 「竹篇·1 ── 여행」 전문

이 작품의 구조에 참여한 '기차'라는 소재를 놓고 생각해 보자. 이 작품에서 기차는 단순한 재료일 때의 성질을 그대로 모방하지는 않는다. 소재를 형성하는 언어 재료는 기차라는 실재적인 것이지만, 이 작품에 표현된 형상은 비실재적인 것이다. 이처럼 각 부분의 요소들이 하나의 구조를 이루어 하나의 조직체로서의 구성요소가 되면, 그 본래의 언어 재료로서의 변별적 자질은 달라진

---

41) 김영철, 앞의 책, p.291.

다. '기차'는 곧 이 작품 형식에 참여한 이른 바 '형성된 소재'가 되어 내적 의미를 지닌 내용이 되는 것이다.

시의 경우 소재를 작품의 형식 속에 끌어들일 때는 당연히 소재에 대한 시인의 심리적 태도, 모티프, 주제의식 등이 개입되기 마련이다. 이는 자아와 세계의 동일성이라는 서정시의 장르적 특징과 무관하지 않다. 위의 인용시의 경우 '기차'라는 객관적 대상을 시인의 내부로 끌어들여 자아화한 이른 바 동화(同化)의 방법으로 선택된 것으로 볼 수 있다. 따라서 '내용'으로서의 기차의 의미는 이 작품 전체와 다른 구성요소들 간에 유기적으로 맺고 있는 내적인 관련에서 밝혀지지 않으면 안 된다.

문학의 구조에 대한 인식은 곧 하나의 완전한 구조는 필요한 내부 요소들을 다 구비하고 그 내부 요소들은 모두 따로따로 놓여 있지 않고, 서로서로 연결지어져 있다는 신념에서 비롯한 것이었다. 이러한 문학 구조론은 작품을 구성하는 각각의 구성요소들에 대한 이해는 물론, 작품을 해석하고 평가하는데 매우 유용한 관점을 제공해 준다.

시의 구조는 하나의 전체를 이루는 모든 요소들의 총합이며, 따라서 하나하나의 요소는 그것을 발전적 전체로 파악하기 위해서 존재하는 것이다. 부분들은 전체와의 관련 속에서 다루어져야 하며, 부분의 의미도 그러한 관계 속에서 비로소 드러날 수 있다.

이러한 전체와 부분과의 상호관계를 '해석학적 순환hermeneutic circle'의 논리로 설명할 수 있다. 해석학적 순환이란 부분을 이해하기 위해서는 전체의 의미를 이해해야 하고, 전체의 의미를 이해하기 위해서는 부분의 이해가 또한 필수적이라는 해석 절차의 순환성을 의미한다.

2) 시를 어떻게 읽을 것인가

시를 읽으면서 가끔 시가 어렵다거나 시의 의미를 도대체 파악할 수 없을 때가 많을 것이다. 또는 무언가 느낌은 있는데 과연 그 느낌이 읽고 있는 시에서 얻어진 바른 느낌인지 의아스러울 때도 있을 것이다. 그때마다 혹시 시에 대한 기초적 지식이나 이해를 위한 예비적 도구가 없어서 그런 것은 아닌가하고 생각하는 경우가 많을 것이다.

시를 보다 바르게 읽고 이해하기 위해서는 어떠한 지식이나 도구가 필요한 것인가. 결론적으로 말해 시를 감상하고 이해하기 위해 반드시 갖추어야할 예비지식이나 도구는 없다. 사실 일반적인 독자가 어떤 시를 이해하고자 할 때, 문학이나 시에 대한 일반론이나 독서하고자 하는 시에 관련된 정보들을 미리 예비적으로 공부하고 그것을 바탕으로 시를 읽는 경우는 없을 것이다. 그렇다면 시의 독서나 이해를 위해 반드시 필요한 도구는 과연 무엇인가. 그것은 시에 대한 일반적인 지식도, 이해하고자 하는 작품이나 작가에 대한 정보도 아닌 독자의 순수하고 적극적인 독서태도라고 할 수 있다.

너무나 당연한 말이지만 독서행위를 위해 독자에게 제공되는 유일하고 구체적인 일차적 대상은 작품이다. 또한 우리는 우선적으로 작품을 읽어 이해하고 감동을 받고자 하는 것이지, 작가와 작품과의 상관관계나 작품이 탄생된 시대적 배경, 또는 문학사적 가치 평가, 작품의 구조적 특징 등을 검토하고 확인하기 위해 작품을 읽는 것은 결코 아니다. 단지 작품을 읽고 소박하고 능동적인 어떤 감응을 느끼고 향수하기 위해 작품을 읽는 것이다. 따라서 시의 이해를 위한 일차적인 도구는 작품 자체와 순수하고 적극적인 감수성을 지닌 독서태도인 것이다.

물론 문학이나 시에 대한 일반적인 특질이나 시의 구성요소에 관한 지식(시의 언어, 운율과 리듬, 이미지, 시적 화자와 어조, 구조 등)을 이해하고 있다면, 일차적 독서행위에서 얻은 직관적 감응과 감동의 실마리를 보다 체계적으로 정리하는 데 도움을 받을 수는 있을 것이다. 또한 작품과 관련된 정보(작가의 개성과 특질, 작품이 탄생된 시대적 배경, 비평가의 논평 등)는 작품을 읽고 이해하는 데 매우 유익한 자료가 될 수 있다. 그러나 그러한 시에 대한 일반적 이론이나 지식이라든지 관련 정보들은 어디까지나 참고자료일 뿐이다. 앞서 강조했듯이 시작품의 독서와 이해를 위한 필수적이고도 유일한 도구는 작품 자체와 독자의 독서태도이다.

다양한 삶의 체험을 겪으며 살아가는 감정을 지닌 인간이라면 누구나 시를 읽으면서 얻게 되는 느낌이 있을 것이다. 또한 일차적으로는 독자 개인의 자기 체험에 비추어 시를 감상하게 될 것이며, 얻게 되는 감동도 자기화 된 모습으로 느껴질 것이다.

이처럼 모든 문학작품은 독자가 그 작품에 어떤 모습으로 다가가느냐에 따라 항상 다양한 모습으로 열려 있다. 언제나 일차적인 독서의 주체는 바로 독자 자신인 것이다. 그만큼 독서의 자율성은 문학이 지닌 본질적 특성이라고 할 수 있다. 다만 작품을 열어가는 독자의 독서태도가 얼마만큼 진지하고 적극적이냐에 따라 감동의 폭과 깊이도 달라질 수 있을 것이다.

시를 어떻게 읽을 것인가. 시를 읽는 가장 좋은 시 독서법이 과연 있는가. 그에 대한 해답은 결국 독자 스스로의 경험을 통해 찾아져야 할 것이다. 쉬운 작품은 쉬운 작품대로, 어려운 작품은 어려운 작품대로(사실 이 기준도 모호하기 짝이 없지만) 독자 나름의 시 독서법이 있을 것이다.

더러는 개성적이고 신선한 시어의 아름다움에 집중하여 독서를 하는 경우도 있을 것이며, 생생한 이미지나 리듬의 조화라든지, 독특한 발상법과 구조적 특징에 관심을 갖고 독서하는 경우도 있을 것이다. 또 더러는 작가의 특질이나 작품 속에 표현된 사상과 시대의식에 유념하여 독서하기도 할 것이다. 이처럼 시의 독서는 독자의 취향이나 관점에 따라 다양하며, 따라서 정설로 공식화할 수 있는 시 독서법이란 애초부터 불가능한 작업일 수밖에 없다.

다만 보다 올바른 시의 독서와 이해를 위해 참조할 수 있는 시의 독서법을 다음과 같이 제안함으로써 독자의 개성에 따른 독서를 보다 원활하게 하는 데 도움을 주고자 한다.

(1) '나'의 직관적인 첫 느낌이 출발점이다

시를 읽는 것은 단순히 문맥을 이해하는 것만을 의미하지는 않는다. 시에서 단어의 의미나 문법적 맥을 이해했다고 해서 시의 모두를 이해한 것은 결코 아니다. 그것은 단지 시를 이해하기 위한 시작점일 뿐이다. 어쩌면 시의 독서는 여기에서부터 비로소 시작된다고 할 수 있다.

시의 언어는 전달의 매체가 아니라 표현의 매체이다. 즉 시의 언어는 일상적인 언어 의미를 전달하는 것이 아니라 시인의 사상과 감정을 표현하는 하나의 기호인 것이다. 시의 독서는 곧 이 언어로 표현된 기호를 풀어가는 과정이라고 할 수 있다.

이 기호해명 과정에서는 사전적인 말뜻이나 일반적인 문법지식보다는 오히려 독자 개인의 직관적인 느낌이나 정서가 요구된다. 따라서 시의 온전한 이해를 위한 첫 번째 단계는 능동적이고 적극적인 독서이다. 즉 독서하고자 하는 시작품과의 소통을 위해 순수하고 적극적인 자세로 시의 말(시적 화자의 목소리)을 경청하는 데에서부터 시작해야 한다. 비록 막연하고 추상적인 느낌이나 정서라고 하더라도 해당 작품을 되풀이 독서하다가 얻어지는 직관적인 첫 느낌을 시의 독서와 이해를 위한 출발점으로 삼는 것이다.

(2) 작품에서 의문점을 찾고 끊임없이 질문을 던지자

이 표현은 도대체 무엇을 의미하고자 한 것일까. 이 시어나 이미지의 함축된 의미는 무엇일까. 이 부분은 작품의 다른 부분과 어떤 연관관계를 갖고 있을까. 시인이 이 작품을 통해 궁극적으로 말하고 싶어 하는 주제는 무엇일까. 등과 같은 질문을 진지하게 던져볼 필요가 있다. 시를 읽고 이해해가는 것은 어찌 보면 작품의 요소요소에 끊임없이 질문을 던지는 일이기도 하다.

한 편의 시를 독서하면서 의문점과 질문을 얼마만큼 진지하게 던지느냐에 따라 시의 이해는 깊어질 수 있다. 그리고 그러한 질문에 대한 풀이를 쉽게 찾을 수는 없지만 어떤 막연한 느낌을 받을 수는 있을 것이다. 그 막연한 느낌이 마침내는 의문점과 질문에 대한 해답을 열어주는 실마리가 된다.

(3) 구성요소들 간의 유기적 상관관계를 주목하자

아무리 어렵고 복잡하게 느껴지는 작품이라 하더라도 시의 모든 구성요소들은 부분과 전체의 상호 유기적 관련성 아래에 통합되어 한 편의 작품을 구성하고 있다. 따라서 우선 작품을 몇 개의 부분으로 나누어 이해할 필요가 있다. 물론 나누는 기준이 따로 있는 것은 아니다. 길이가 긴 작품이라고 여러 부분으로 나누어야 하는 것도 아니다. 어디까지나 독자 개인이 작품의 이해를 위한 편의에 따라 나누면 되는 것이다. 이때 형식상의 연(聯)을 유념할 수는 있지만 의미상의 단락으로 나누어보는 것이 좋다. 그러면 자연스럽게 시어들 간이나 이미지들 간의 유기적 상관관계를 짚어 갈 수 있을 뿐만 아니라, 리듬의 조화감이라든지 주제형상의 방법 등을 이해할 수 있게 된다.

(4) 부분과 전체를 반복적으로 순환하며 통합하자

한 편의 시를 독서하고 이해하는 일이란 결국 시작품 속에 함축된 의미를 찾아가는 과정이라고 할 수 있다. 앞의 3단계까지 이루어지면 시어나 이미지의 함축된 의미는 물론 문체적 특징이나 시적 의장(意匠) 등 이른바 작가가 그렇게 표현한 의도를 확인할 수 있다. 아울러 앞의 2단계에서 제기했던 의문점과 질문도 서서히 풀리게 된다.   이렇게 각 요소들의 함축된 의미를 공감하면서 다시 전체적으로 통합해보는 과정을 순환적으로 반복해보면 작품을 부분과 전체의 통합으로 깊이 있게 이해할 수 있으며, 주제를 공감할 수 있다. 이런 방법을 해석학적 순환이라고 한다.

더불어 독서의 대상인 작품과 관련된 정보자료, 예를 들면 작가의 전기적 자료나 시적 특성에 대한 정보, 작품의 배경이나 제재가 된 시대적·사회적 자료, 비평가들의 논평 등을 참고로 하여 작품의 이해에 보충을 받을 수도 있다. 그러나 이 작업은 추가적인 방법이지 작품의 독서와 이해에 반드시 필요한 도구라고 생각할 필요는 없다. 사실 일반적인 독자가 한 편의 시를 이해하기 위해 선행 연구나 참고자료를 미리 조사하고 독서하는 경우는 없을 것이다. 게다가 자칫하면 그러한 선행 자료들이 순수한 독서를 오히려 방해하는 경우가 허다하다. 앞서도 강조했듯이 이해의 일차적인 대상은 어디까지나 작품 자체이며, 서로 다른 개성적인 체험과 인식을 지닌 독자가 작품과의 끊임없는 대화를 통해 수정되고 보완되는 과정을 거쳐 작품의 독서와 이해는 이루어지는 것이다.

part·3

소통과 치유의
시 읽기

소통과 치유의 시 읽기

너무나 당연한 말이지만 **시는** 다양한 체험을 겪으며 살아가는 감정을 지닌 인간의 **서정과 인식의 표현**이다. 시인은 자신의 서정과 인식을 시라는 그릇에 담아내고, 독자는 그 그릇에 담긴 (시적화자)의 서정과 인식을 떠먹는 존재라고 할 수 있다. 그 예기치 않은 만남에서 독자는 우선 자기 체험에 비추어 시를 맛볼 것이며, 얻게 되는 감동도 자기화 된 모습으로 느껴질 것이다. 이처럼 모든 문학작품은 독자가 그 작품에 어떤 모습으로 다가가느냐에 따라 항상 다양한 모습으로 열려 있다. 언제나 일차적인 독서의 주체는 바로 독자 자신인 것이다.

과거의 전통적인 문학연구가 작가나 시대환경에 무게중심이 놓여 있었다면, 오늘날 문학연구는 **독자의 비중**을 어느 때보다 강조하고 있다. 그만큼 과거에 주목되었던 '표현' lamp과 '반영' mirror이라는 문학의 키워드가 **'소통'과 '치유'**라는 키워드 중심으로 변화하고 있다고 볼 수 있다.

1) 시가 말을 걸어온다 — 소통의 시 읽기

한 편의 시를 독서한다는 것은 엄밀히 말해서 시인의 말을 듣는 것이 아니라, 시의 말을 듣는 것이다. 즉 문학작품의 독서행위는 작가나 시인이 하는 말을 수동적으로 듣고 이해하는 것이 아니라, 독자가 주체가 되어 하나의 온전한 자족적 실체로 이루어진

작품이 하는 말을 능동적으로 듣는 것이다. 이때 작품은 이미 서술자나 시적화자의 목소리를 통해 독자를 향해 끊임없이 말을 걸어오는 하나의 인격체라고 할 수 있다.

담화나 소통의 면에서 볼 때 시의 창작은 내적 감정과 사상의 외적 기호화이고, 시의 향수(독서)는 그 기호의 분해이거나 해독과정이다. 문제는 기호화 과정에서는 시인의 주관성이, 기호를 푸는 과정에서는 향수자의 주관성이 필연적으로 개입할 수밖에 없다는 데에 있다. 시의 독서과정에서는 이 두 가지 주관성이 상호 교류하게 된다. 시를 독서하면서 부딪치게 되는 난해성은 시인과 독자, 곧 제작의 측면과 전달의 측면이 명료하지 않거나 이해 불가능한 경우에 부딪히게 되는 난점이다.[42]

본질적으로 문학작품이 표현하는 삶의 세계는 과학적 지식이나 방법에 의해서 설명 explain되거나 분석 analysis되는 것이 아니다. 오히려 과학의 방법적 수단으로 증명될 수 없는 역사적 체험을 통해 이해 understand되는 것이다. 따라서 문학작품은 설명이나 분석의 대상이 아닌 이해의 대상이 될 수밖에 없다. 문학작품 자체가 살아 움직이는 상황맥락 living context으로 존재하며, 독자도 항상 역사적이고 개별적인 존재이기 때문이다. 하나의 작품을 이해하는 것은 곧 그것을 체험하는 일이다. 체험은 살아 움직이는 역

---

42) 백운복, 『시의 이론과 비평』(태학사, 1997), p.145. 참조.

사적 인간행위이기 때문에 문학작품의 이해는 시공(時空)을 떠난 추상적인 분석의 고정된 형태를 통해 이루어지는 것이 아니라, 상상력이 풍부한 체험의 살아 있는 시간vital time 속에서 역사적으로 이루어지는 것이다.[43]

따라서 모든 문학작품은 독자와 만나는 순간 끊임없이 재생산되고 변형된다. 결국 텍스트의 지평과 독자의 지평 사이에 필연적으로 존재하는 시·공간적 거리를 상호 조응하는, 이른바 지평혼융(地平混融) Horizontverschmelzung을 통해 극복해가면서 이해에 이르게 된다. 이 과정에서 가장 중요한 것은 '시를 어떻게 읽을 것인가'에서도 강조했듯이, 독자의 순수하고 적극적인 독서태도이다. 이것은 마치 우리가 일상적인 담화와 소통에서 상대의 말과 태도에 순수하고 적극적으로 다가서는 것이 가장 중요한 것과 같다.

다음 작품을 통해 소통의 시 읽기를 체험해보기로 한다.

> 동짓달 기나긴 밤을 한 허리를 버혀 내어
> 춘풍(春風) 이불 아래 서리서리 넣었다가
> 어론 님 오신 날 밤이어드란 굽이굽이 펴리라

---

43) 앞의 책, p.150. 참조

조선시대 아름다운 명기(名妓)로 잘 알려진 황진이의 시조이다. 작가가 이 작품을 창작하여 창(唱)하던 조선중기 당시의 텍스트의 지평(당시의 언어와 사회문화는 물론 작가의 인생관이나 가치관, 또는 당시 시조문학에 대한 문학적 특성과 인식 등)과 현재 이 작품을 읽는 독자의 지평 사이에는 필연적으로 역사적 거리가 존재할 수밖에 없다. 1차적으로 독서는 '지금, 여기'라는 독자의 독서지평에서 출발할 수밖에 없다. 물론 이때에도 독서의 주체는 당연히 독자 자신이다. 따라서 순수하고 적극적인 독서태도가 가장 중요하다.

우리(독자)는 이제 이 작품과의 소통을 위해 우선 1차적인 낱말 뜻을 확인해보아야 한다. '버혀 내어'는 '베어내어'의 고어형태이 며, '어론'은 '얼다'라는 고어에서 파생된 형태로 '사랑하는'이나 '정든' 정도로 해석하면 될 것 같다. 역시 '밤이어드란'은 '밤이면' 이란 의미의 강세형태의 고어로 이해하면 될 것이다. 그리고 '서 리서리'는 헝클어지지 않도록 둥그렇게 포개어 감아놓은 모양을 이르는 의태어이다. 이 정도면 1차적인 낱말 뜻풀이는 확보된 셈 이다.

이제 2차적으로 이 작품과의 소통을 위해 할 일은 의문점을 찾 고 질문을 던지는 일이다. 이 문답행위는 독자인 '내'가 시에게 묻고, 우선 시(또는 시적화자)가 스스로 던져주는 답을 들어야한다. 바로 질문을 던질 수 있는 부분은 '허리를 베어내어'라는 표현과

'춘풍 이불'의 함축된 의미는 무엇인가 일 것이다. 이어서 초장과 중장의 연결의미, 즉 동짓달 긴 밤의 시간을 베어내어(초장) 춘풍 이불 속에 포개어 감아놓는(중장) 그 행위의 의미는 또 과연 무엇인가를 질문하게 될 것이다. 그리고 시조에서 일반적으로 주제를 함축하고 있다는 종장에서 표현하고 있는 의미는 과연 무엇일까를 묻게 될 것이다. 이러한 질문을 진지하게 반복해보면서 시어들 간의 상관관계나 시조가 갖는 초·중·종장의 유기적 역동성을 유념한다면, 우리는 이 작품이 스스로 던져주는 답을 들을 수가 있게 된다.

마침내 우리 독자는 이 작품에서 '동짓달 기나긴 밤'을 단순히 시간의 장단으로 인식하는 데 그치지 않고 임에 대한 그리움의 길이로까지 새롭게 함축하여 인식해내고 있는 시의 말을 들을 수 있게 된다. 즉 임이 없는 밤이면 그것이 설사 하짓날 밤이라 하더라도 길고 지루하게 느껴진다는 정서의 경이로운 시적 표현인 것이다. 이처럼 이 작품은 보편적 시간질서까지 파괴하여 자아화하는 놀라운 시의 경이를 보여주고 있다.

그리고 중장의 '춘풍'은 초장의 '동짓달'과 대비됨으로써 기대와 확신의 기다림을 함축적으로 담아내고 있다. 따라서 '기나긴 밤'의 '한 허리'를 베어내는 의인화의 행위는 중장과 종장과의 상호 유기적 맥락에 의해서 비로소 개성적으로 새롭게 의미화한다.

곧 임이 없는 긴 밤을 베어내어 짧게 인식하고자하고, 확신의 기다림을 안고 그 베어낸 길이만큼은 차곡차곡 쌓아두었다가 짧게 느껴지는 '어론 님 오신 날 밤'이면 굽이굽이 펼쳐 쓰고자한 것이다. 이는 시간의 길이에 대한 이중의 의미부여 이며, 곧 이 작품 속에서만 획득된 새롭고 독창적인 의미의 창출이다. 우리가 황진이의 이 작품에서 역동적인 서정성과 감동을 느끼게 되는 것은 바로 대상(제재)과 서정의 개성적 매듭짓기와 유기적 의미형성하기의 독창성 때문이다.

2) 시가 내 안으로 들어온다 — 치유의 시 읽기

오늘날 이른 바 힐링healing이란 용어가 마치 하나의 유행처럼 번져가고 있다. 그만큼 정신적으로 피폐해져가고, 심리적으로 아픔이 많아져가는 시대라는 것을 반증하고 있다. 육체적 질병은 의사의 치료cure, treatment에 의해 고칠 수 있지만, 심리적 외상은 어떤 치유healing, therapy가 필요한 것인가. 최근 미술치료, 음악치료, 문학치료, 독서치료, 글쓰기치료, 드라마치료, 원예치료 등이 결코 낯선 용어만은 아닌 것을 보면 그만큼 치유가 필요한 시대라는 것을 말해준다.

역사적으로 살펴보면, 1950년대에 엘리 그라이퍼 Eli Greifer라는 시인이 심리학자이자 의사인 잭 리디 Jack J. Leedy의 지원을 받아 시치료 poemtherapy를 시작했는데, 이때 리디는 최초로 'Poetry Therapy'라는 말을 사용하기 시작했다고 한다. 1970년대에는 아서 러너 Arthur Lerner가 로스앤젤레스에 문학치료연구소를 개설함으로써 문학치료가 더욱 발전하게 되었으며, 1980년대에는 이런 분야를 통합할 (시)문학치료학회 National Association for Poetry Therapy가 미국에 설립되었다.[44]

문학치료에 관한 학술적인 연구를 주도하고 있는 변학수 교수는 "문학치료의 핵심은 잃어버린 언어의 발견 또는 재발견이라 할 수 있다. 그러므로 말할 수 없었던 것, 말하지 못했던 것에 대한 언어를 재생하는 것이 문학치료"[45]라고 규정하고 있다. 이어서 그는 "우리가 과거에 경험한 일들은 하나의 이야기나 몸의 기억으로 우리의 기억 공간에 남아 있다. 치유한다는 것은 바로 이 기억들을 재구조화하고 꿰매는 일이다."라고 치유를 기억의 재구조화로 설명하면서, "시나 이야기 또는 드라마 속에서는 다른 사람을 사는 것이 가능하고, 다른 정서나 다른 이야기, 다른 행동을

---

44) 변학수, 『문학치료』(학지사, 2009), p.25. 참조
45) 같은 책, p.13.

추체험하는 것이 가능하다. 이런 다른 가능성이 없다면 우리는 절망적으로 생을 영위할 수밖에 없다. 그렇기 때문에 다른 버전으로 정서와 이야기, 행동을 바꾸는 것이 곧 치유의 출발점이라고 할 수 있다."46)라고 정리하고 있다.

이제 문학의 치유 기능은 독일과 미국 등 서구사회를 중심으로 활발하게 연구되고 있다. 요즘과 같은 치열한 경쟁과 복잡한 현대 사회 속에서 인간이 겪고 있는 불안, 공포, 초조, 분노, 아픔, 슬픔, 갈등 등으로 인한 심리적 불안정감의 고조는 현대사회의 가장 큰 문제가 아닐 수 없다. 이로 인한 정신적·육체적 질병의 치유를 위해 예술이나 문학 속에 내재되어 있는 본연의 치유 기능이 하나씩 입증되고 있는 것이다.

시의 경우 창작자인 시인에게나 향수자인 독자에게나 이 치유의 기능은 자연스럽게 적용된다. 일반적으로 창작의 에너지는 이상과 현실의 괴리에서 발생하는 강한 동일성의 상실감에서 유발된다. 이러한 상실의식을 동일성으로 회복하려는 정서와 의지의 표현, 곧 잃어버린 언어를 재구조화하거나 실체화하는 과정에서 얻어진 결실이 한 편의 시로 탄생하는 것이다. 따라서 시인의 입장에서 볼 때 창작은 억압된 정서의 질서화·재구조화이며, 카타르시스를 통한 치유의 과정이기도 하다.

---

46) 같은 책, pp.22-23. 참조

한편 향수자인 독자의 입장에서 볼 때, 작품은 조용히 독자인 나의 상처와 아픔을 들어주는 대상이 된다. 작품과의 온전한 소통이 이루어지는 순간, 무질서하게 어렴풋이 떠돌아다니며 나를 괴롭혀온 고통이나 외상trauma을 '그것은 바로 이것이었구나.'라고 구체적인 언어로 적시(摘示)할 수 있도록 도와준다. 비로소 시작품 속에 내재되어 있는 정서와 의지에 공감(共感)하고 동일시(同一視)하게 되며, 내 상처의 언어화와 재구조화를 통한 거리두기가 가능해진다. 이러한 과정에서 상처와 불안의 실체가 구체화됨으로써 카타르시스를 통한 치유에 이르게 되는 것이다.

다음 작품을 통해 치유의 시 읽기를 체험해보기로 한다.

반달 모양의 손바닥만 한 플라스틱 각도기자로 애써 각도의 눈금을 맞춰가며 선을 그어도, 꼭지가 맞아 떨어지는 삼각형을 그리기는 참으로 어려웠다. 아무리 정확히 각도를 맞춘다 해도 각도기 숫자 표시 아래에 찍는 점이 0.1㎜의 오차만 생겨도 옆의 꼭지와 틀어지기 일쑤였다. 삼각형의 두 각만 결정되면 나머지 한 각은 자동으로 정해지는데, 틈새 없이 내 삶을 담아 간직할 꼭지가 맞아 떨어지는 속 시원한 삼각형 하나 그리기는 여전히 힘겹다.

수없이 시행착오하면서 그려온 삼각형들이 오늘 한꺼번에

내 앞에 모여 웅성거리고 있다. 그중에 가장 굵은 선으로 억지로 짜 맞춰진 한 녀석이 '모두들 좌우로 정렬, 앞으로 나란히!' 하고 큰 소리로 외치는 순간, 수많은 가느다란 삼각형들이 순식간에 사라지고 하나의 직선만 길게 펼쳐진다.

각을 맞추려고 애썼던 순간들이, 삼각형 안에서 몸부림치다 어긋났던 각도들이 함께 모이면 결국 180°이다. 아무리 모양이 다른 삼각형이라 하더라도 세 개의 각이 수평으로 누우면 결국 하나의 직선이다.

삼각형은 처음부터 모두가 직선이었다.

필자가 쓴 「삼각형의 공리(公理)」라는 시 전문이다. 이 작품과 처음 만나 순수하고 적극적인 독서를 하게 되는 독자가 있다면, 그가 마주치는 첫 느낌은 삼각형의 내각의 합은 180°이기 때문에 삼각형의 두 각만 결정되면 나머지 한 각은 자동으로 정해진다는 학창시절에 배웠던 이른바 '삼각형의 공리'가 떠오를 것이다. 동시에 화자의 체험적 말(또는 시의 말)처럼 각도기자로 삼각형 하나 그리기가 참으로 어려웠다는 독자의 체험이 상기될 것이다. 이쯤 되면 이제 시의 말과 독자의 독서행위가 하나의 친밀한 담화와 소통의 관계망을 형성하며, 공감으로 나아가게 된다.

참여나 한정된 메시지를 표현하기 위한 이른바 목적시의 경우를 제외하고, 대부분의 시는 알레고리보다는 상징성을 지니고 있다. 그만큼 독자의 자율성이 강화되며, 독자에게 다양한 모습으로 다가설 수 있다. 시가 다른 문학의 양식보다 치유의 기능을 많이 지닐 수 있는 것도 바로 이 독자 중심의 독서가 가능하기 때문이다.

독자는 위의 시를 읽으면서 화자가 경험한 체험적 트라우마(시에 표현된 일차적 제재로는 삼각형 그리기의 어려움)를 공유하면서 독자 자신의 트라우마(그 제재나 내용은 독자마다 다르겠지만)를 찾아내어 시와 함께 담화하고 소통하게 될 것이다. 이때 얻어지는 감정이입의 정서, 즉 동일시와 공감은 이른바 동류요법(同類療法)이라는 치유의 기능을 갖게 된다.

치유의 시 읽기라는 관점에서 위의 시작품을 체험해본다면, 우선 '삼각형 그리기의 어려움'이라는 제재가 지니는 상징적 의미를 주목할 필요가 있다. "틈새 없이 내 삶을 담아 간직할 꼭지가 맞아 떨어지는 속 시원한 삼각형 하나 그리기는 여전히 힘겹다."라는 구절에서 느낄 수 있는 것처럼, 최선을 다해왔으나 실패를 거듭해온 삶의 여정을 상징적으로 표현하고 있음을 알 수 있다. 또한 "아무리 모양이 다른 삼각형이라 하더라도 세 개의 각이 수평으로 누우면 결국 하나의 직선이다."라든지 "삼각형은 처음부터 모두가 직선이었다."라는 구절에서 분명히 공유할 수 있는 것처럼, 비록 실패하고 아팠던 삶일지라도 그 또한 소중한 인생의 여정('직선'이라는 시어의 상징적 의미라고 할 수 있다)임을 강조하면서 위로하듯이 독자와 소통하고 있는 것이다.

무질서하게 어렴풋이 떠돌아다니는 응어리, 상처, 슬픔, 좌절감 등으로 인한 심리적 불안정감을, 시와 소통함으로써 마치 잃어버린 언어를 재발견하듯이 구체적으로 실체화(언어화)할 수 있으며, 마침내 독자 자신의 불안을 치유할 수 있게 된다. 이것이 바로 치유의 시 읽기가 지니는 의의이다. 이처럼 시의 독서가 작품과의 순수하고 적극적인 소통으로 이루어진다면, 이제 그 소통은 내 안으로 들어와 온전하게 나를 치유하는 결실을 맺게 될 것이다.

오늘도 시는 불안 속에서 힘들어하고 있는 인간들과 소통하고 싶어 조용히 말을 걸어오고 있다. 그리고 소통하는 인간들과 함께 손을 맞잡고 치유의 언어를 마련하고 있다.

2부
시작품과 말 걸기

part·1

삶의 현실,
그 아픔의 현장

갈대

신경림

언제부턴가 갈대는 속으로
조용히 울고 있었다.

그런 어느 밤이었을 것이다. 갈대는
그의 온몸이 흔들리고 있는 것을 알았다.

바람도 달빛도 아닌 것,
갈대는 저를 흔드는 것이 제 조용한 울음인 것을
까맣게 몰랐다.

— 산다는 것은 속으로 이렇게
조용히 울고 있는 것이란 것을
그는 몰랐다.

『문학예술』 11호, 1956. 2.

소통의 시 읽기

"산다는 것은 속으로 이렇게/ 조용히 울고 있는 것"

　신경림의 시작품 「갈대」를 시 독서법에 맞추어 감상하면서 소통하기 위해서 그 첫 번째 단계는 순수하고 적극적인 독서를 통해 얻어지는 직관적인 첫 느낌에 주목하는 일이다. 이 작품에서 얻어지는 첫 느낌은 당연히 독자의 주관에 따라 다양할 수 있겠지만, 갈대의 흔들림을 인생의 슬픔이나 아픔으로 비유하여 표현하고 있다는 점일 것이다. '산다는 것은 속으로 조용히 울고 있는 것'이라는 시적 명제를 갈대와 인생에 동시에 유추적으로 전이하여 표현하고 있기 때문이다.

　이 작품에서 의문점을 찾고 질문을 던질 수 있는 부분은 "갈대는 저를 흔드는 것이 제 조용한 울음인 것을/ 까맣게 몰랐다."는 구절일 것이다. 자신을 흔드는 것이 '바람도 달빛도 아닌' 바로 '제 조용한 울음'이라는 사실에 대한 깨달음은 다분히 비논리적인 자각이기 때문이다. 그렇다면 '제 조용한 울음'이라는 표현에 담겨진 함축된 의미는 과연 무엇일까. 그 질문을 풀어가는 것이 곧 이 작품과 소통하는 가장 중요한 관건일 것이다.

또한 부분 간의 상호관련성을 주목할 때, 1연에서의 시적 인식은 '울음'이고 2연에서의 인식은 '흔들림'이며, 3연에서는 흔들림과 울음이 통합된 인식으로 나타나고 있다. 그리고 4연에서는 이러한 시적 인식이 '산다는 것은 속으로 조용히 울고 있는 것'이라는 시적 명제를 낳고 있다. 따라서 첫 느낌에서 받았던 정서가 독서과정을 통해 더욱 분명해진다.

이제 지금까지 얻어진 결과들을 토대로 부분과 전체를 반복적으로 순환하며 통합해보면 의문점으로 남겨진 함축된 의미와 주제를 공감할 수 있다.

이 작품은 삶의 현실에서 마주하는 아픔이나 슬픔은 외적 현실이나 외부로부터 오는 어떤 요소들(갈대에 빗대어 '바람도 달빛도 아닌 것'이란 표현) 때문이 아니라 바로 '제 조용한 울음' 때문이라는 시적 명제를 낳고 있다. 통합해보면, 산다는 것은 속으로 조용히 울고 있는 것이다. 이때 '울음'은 아픔이나 슬픔의 결과물이기보다는 살아있음에 대한 놀라운 확인이요 증거물이 되는 셈이다.

치유의 시 읽기

'조용한 울음'은 아픔이나 슬픔의 결과물이라기보다는
살아있음에 대한 확인이요 증거다

소통의 시 읽기에서 얻어진 감상은 치유의 시 읽기를 위한 출발점이다. 텍스트로서의 「갈대」라는 시작품의 소통은 이제 각자의 독자에게 더욱 다양하게 열려진다. 즉 텍스트 text는 소통의 시읽기를 거쳐 독자의 개성적 특질과 접촉하면서 콘텍스트 context로 새롭게 재탄생하는 것이다. 이때부터 시작품은 철저하게 독자의 몫으로 재생산되며, 독자에 따라 무한한 의미로 확대된다. 이것이 곧 치유의 시 읽기이다. 소통의 시 읽기가 텍스트 중심이라면 치유의 시 읽기는 독자(의 현실이나 체험) 중심이라고 할 수 있다.

소통의 시 읽기에서 얻어진 시적 명제, 즉 '산다는 것은 속으로 조용히 울고 있는 것'이라는 인식이 치유의 시 읽기를 위한 출발점이 되어 '조용한 울음'의 의미를 다양하게 헤아리게 한다. 독자는 자신의 아픔과 상처로 얼룩진 현실이나 과거의 체험(트라우마)을 '조용한 울음'으로 재구성하면서, '산다는 것은 속으로 조용히 울고 있는 것'이라는 시적 명제를 받아들이는 놀라운 정화(카타르시스)를 체험하게 된다.

시적 화자의 목소리와 소통하면서 우리는 자신을 옥죄고 있는 아픔이나 상처들과 화해하게 되며, 마침내 공감의 감동을 체험하고 치유에 이르게 된다. 이것이 곧 「갈대」를 통한 치유의 시 읽기이다.

상한 영혼을 위하여

고정희

상한 갈대라도 하늘 아래선
한 계절 넉넉히 흔들리거니
뿌리깊으면야
밑둥 잘리어도 새순은 돋거니
충분히 흔들리자 상한 영혼이여
충분히 흔들리며 고통에게로 가자

뿌리 없이 흔들리는 부평초 잎이라도
물 고이면 꽃은 피거니
이 세상 어디서나 개울은 흐르고
이 세상 어디서나 등불은 켜지듯
가자 고통이여 살 맞대고 가자
외롭기로 작정하면 어딘들 못 가랴
가기로 목숨 걸면 지는 해가 문제랴

고통과 설움의 땅 훨훨 지나서
뿌리깊은 벌판에 서자
두 팔로 막아도 바람은 불듯
영원한 눈물이란 없느니라
영원한 비탄이란 없느니라
캄캄한 밤이라도 하늘 아래선
마주 잡을 손 하나 오고 있거니

시집 『이 시대의 아벨』, 1983,

소통의 시 읽기

"고통과 설움의 땅 훨훨 지나서/ 뿌리깊은 벌판에 서자"

「상한 영혼을 위하여」(고정희)라는 시작품을 순수하고 적극적으로 독서하면서 마음 속에 새겨지는 직관적인 첫 느낌은, '상한 영혼'을 '상한 갈대'에 빗대어 표현하고 있다는 점일 것이다. 제목이 암시하고 있듯이 '상한 갈대'의 흔들리는 모습을 묘사하면서 '상한 영혼'을 보듬어 안으려고 하는 화자의 모습을 어렴풋이 감지하게 될 것이다. 이러한 첫 느낌이 곧 이 작품과 독자와의 소통을 위한 출발점이 된다.

이어서 독서법의 두 번째 단계에 따라 이 작품에서 독서에 애로가 있는 부분에 의문점을 진지하게 던져보자.

우선 1연에서 "상한 갈대라도 하늘 아래선/ 한 계절 넉넉히 흔들리거니"에서 보여지는 모순적 의미이다. 특히 '∞라도'라는 표현과 '∞ 넉넉히 흔들리거니'라는 표현의 연결성이 가져다주는 논리적 모순성이 과연 무엇을 의미하고자 한 것일까. 이러한 모순성은 뒤따라오는 "밑둥 잘리어도 새순은 돋거니"와 2연 앞부분 "뿌리 없이 흔들리는 부평초 잎이라도/ 물 고이면 꽃은 피거니", 그리고 3연 뒷부분 "캄캄한 밤이라도 하늘 아래선/ 마주 잡을 손 하나 오고 있거니" 등에서도 그대로 나타난다.

그리고 1연의 앞과 3연의 뒷부분에서 반복하여 강조하고 있는 '하늘 아래선'이라는 표현의 함축된 의미는 무엇일까와, 각 연에 핵심어로 강조되고 있는 '뿌리'가 함축하고 있는 상징적 의미는 무엇일까와 같은 질문을 던지게 될 것이다.

다음으로 독서법 세 번째 단계에 따라 각 연의 구성요소들이 상호 어떤 관련성을 지니고 구성되었는가를 주목하자.

이 작품의 1연은 '상한 갈대의 흔들림'을 제재로 '상한 영혼을 지닌 인간'을 위한 화자의 정서를 표현하고 있으며, 2연은 '부평초의 개화'를 제재로 '고통을 겪는 인간'을 위한 화자의 정서를 표현하고 있다. 이어서 3연에서는 1연과 2연에서 형상화한 상한 영혼을 지니고 고통을 겪고 살아가는 인간들을 위한 화자의 생각과 인식을 생명과 희망의 이미지로 구축하여 주제를 형상해내고 있다.

독서법의 마지막 단계는 부분과 전체를 반복적으로 순환하며 통합하기이다. 세 번째 단계에서 이미 그 실마리는 나타난 것이지만, 이 단계는 두 번째 단계에서 던졌던 질문이 저절로 해결되는 단계이기도 하다.

앞서 가졌던 질문인 논리적 모순성의 표현을 주목할 때, 시의 문맥에서 주어진 조건에 주목하면 우리는 그 모순이 가져오는 강한 의지와 생명력을 쉽게 공감할 수 있다. 즉 상한 갈대라도 '뿌리 깊으면', 부평초 잎이라도 '물 고이면', "'외롭기로 작정하면' 어딘들 못 가랴", "'가기로 목숨 걸면' 지는 해가 문제랴"에서 보여주는 조건들이 지니는 의미는 제재를 통한 삶의 강한 의지력을 함축하고 있다. 특히 주제를 함축하고 있는 3연에는 화자의 강한 의지가 응축되어 있다. "고통과 설움의 땅 훨훨 지나서/ 뿌리깊은 벌판에 서자"에는 '뿌리'의 이미지를 통한 화자의 강한 의지가 표현된 구절이다. "캄캄한 밤이라도 하늘 아래선/ 마주 잡을 손 하나 오고 있거니"라는 마지막 구절에는 주제가 응결되어 있다. 즉 앞서 묘사된 제재들이 하나의 조건만 잃지 않으면 결코 쓰러지지 않고 새순과 꽃을 다시 피우는 것처럼, 상한 영혼과 고통의 인생이라고 할지라도 뿌리 깊은 강한 생명력을 놓지만 않는다면 곧 희망('마주잡을 손')을 만날 수 있다는 확신을 표현한 것이다.

치유의 시 읽기

**상한 영혼과 고통의 인생이라고 할지라도 뿌리 깊은 강인한
생명력을 놓지만 않는다면 곧 희망을 만날 수 있다**

소통의 시 읽기가 작품 자체와 독자와의 끊임없는 교류를 통해
이루어진다면, 치유의 시 읽기는 작품과의 소통에서 얻어진 독자
의 체험적 어떤 정서나 인식이 독자의 내면에 잠재해 온 상처의
흔적들(트라우마)과 만나면서 이루어진다. 즉 소통의 시 읽기를 통
해 얻어진 독자의 체험적 정서와 인식은 보다 구체화되며, 정화의
과정을 거치면서 치유를 받게 되는 것이다.

앞서 소통의 시 읽기에서 검토된 함축된 의미와 주제가 현실의
아픔과 상처로 인해 고통을 받고 있는 독자에게 새롭고 다양하게
다시 열린다. 즉 화자의 목소리에 청자로서의 독자가 함께 소통하
면서 이른 바 공감(共感)의 유대가 이루어진다. 특히 이 작품에서
반복적으로 나타나는 "충분히 흔들리자 상한 영혼이여/ 충분히
흔들리며 고통에게로 가자"(1연)로부터 "가자 고통이여 살 맞대고
가자"(2연)를 거쳐 "고통과 설움의 땅 훨훨 지나서/ 뿌리깊은 벌판

에 서자"(3연)에 이르기까지 이어지는 청유형의 문체는 소통을 통한 공감대 구축은 물론 치유의 시 읽기를 위해서도 매우 효과적이다.

비록 현실이 힘들고 아프더라도, 상한 영혼으로 인한 고통 속에서 눈물과 비탄의 삶을 살고 있을지라도 그냥 '충분히 흔들리며' 살아가자는 순응의 자세도 보여준다. 다만 뿌리를 깊게 박고만 있으면 '새순'과 '꽃'은 반드시 돋아나고 피어날 것이라는 생명력과 희망을 이 작품을 통해 만나게 되는 것이다.

수선화에게

정호승

울지 마라
외로우니까 사람이다
살아간다는 것은 외로움을 견디는 일이다
공연히 오지 않는 전화를 기다리지 마라
눈이 오면 눈길을 걸어가고
비가 오면 빗길을 걸어가라
갈대숲에서 가슴검은도요새도 너를 보고 있다
가끔은 하느님도 외로워서 눈물을 흘리신다
새들이 나뭇가지에 앉아 있는 것도 외로움 때문이고
네가 물가에 앉아 있는 것도 외로움 때문이다
산 그림자도 외로워서 하루에 한 번씩 마을로 내려온다
종소리도 외로워서 울려퍼진다

시집 『외로우니까 사람이다』, 1998.

소통의 시 읽기

"외로우니까 사람이다/
살아간다는 것은 외로움을 견디는 일이다"

「수선화에게」(정호승)라는 시작품을 순수하고 적극적으로 독서하면서 마음속에 새겨지는 직관적인 첫 느낌은, 반복적으로 되풀이되는 '외로움'이라는 시어일 것이다. 그만큼 화자는 '외로움'이라는 시어에 집중하면서 '살아간다는 것은 외로움을 견디는 일'이라는 서정적 명제를 표현하고 있다.

두 번째 독서 단계에 따라 '왜 그런 표현을 했을까, 그러한 표현 속에 함축된 의미는 무엇일까' 와 같은 의문점이 생기는 부분을 찾고 적극적인 질문던지기를 해보기로 하자.

우선 이 작품에서 서정적 명제처럼 제기되고 있는 "외로우니까 사람이다/ 살아간다는 것은 외로움을 견디는 일이다"라는 표현이 지니는 함축된 의미는 무엇일까. 이어서 '전화'나 '눈길', '빗길' 같은 소재를 통해 무엇을 표현하고자 했을까. 그리고 7행부터 등

장하는 많은 대상들, '가슴검은도요새', '하느님', '새들', '너(네)', '산 그림자', '종소리' 등은 어떤 의미를 표현하기 위한 제재들일까. 와 같은 질문을 던질 수 있을 것이다.

시 독서법의 세 번째 단계는 작품을 몇 개의 부분으로 나누고, 요소들 간의 유기적 상관관계를 주목하는 일이다.

이 작품은 두 개의 부분으로 나누어 이해할 수 있다. 처음부터 3행까지는 '인간의 삶은 외로움을 견디는 일'이라는 서정적 명제를 제기하고 있으며, 4행에서 6행까지는 그러한 명제를 자연의 순리처럼 받아들이자는 화자의 인식이 표현되고 있다. 이어 두 번째 부분이라고 할 수 있는 7행부터 끝까지는 '외로움'이라는 것은 인간뿐만 아니라 모든 자연에게 주어진 숙명과 같은 것임을 예증해보여주는 시적 형상으로 이루어져 있다.

계속해서 네 번째 독서 단계인 부분과 전체를 반복적으로 순환하며 통합해보면 함축된 의미와 주제가 저절로 공감될 수 있다.

7행의 갈대숲에서 '가슴검은도요새'가 '너(인간)'를 보고 있는 모습은 곧 갈대숲처럼 쓰라리고 억센(또는 세파에 따라 흔들릴 수밖에 없는) 세상을 힘겹게 살아가고 있는 외로운 우리 인간의 모습과 동일시되고 있다. 8행부터 이어지는 동일한 문맥들도 이를 잘 뒷받침해 준다. 모두가 외로움 때문이다. 이때 외로움은 단순한 인간의 감정을 넘어 자연의 순리이며 숙명이라는 점을 시인은 말하고 있는 것이다. 마침내 인간은 '외로움'이 있기 때문에 가장 자연스러운 인간의 모습이 되며, 삶이란 곧 그 외로움을 견디고 받아들이는 일이라는 점을 이 작품은 주제로 형상하고 있는 것이다.

치유의 시 읽기

외로움은 우주 만물의 순리이며, 그것을 견디고 받아들이는 것이 곧 삶이다

이 작품과 소통하면서 끊임없이 반복되는 시어는 '외로움'이다. 특히 중반 이후부터 반복적으로 나타나는 동일한 문맥은 모두가 '외로워서'라는 접속어를 동반하고 있다. '새들이 나뭇가지에 앉아 있는 것', '네가 물가에 앉아 있는 것', '산 그림자가 하루에 한 번씩 마을로 내려오는 것', '종소리가 울려 퍼지는 것' 등은 모두 외로움 때문이라는 시적 인식으로 통합되어 있다. 심지어 "가끔은 하느님도 외로워서 눈물을 흘리신다"라는 구절을 통해서 볼 때, 이 시는 외로움이 우주 만물의 순리이며 그것을 견디고 받아들이는 것이 곧 삶이라는 주제를 담고 있다.

지금 고통을 겪으며 슬픔에 잠겨있는 많은 사람들에게, 그리고 그로인해 상처입고 외로움에 빠져있는 더 많은 사람들에게 이 시는 조용히 다가와 위로해 줄 것이다. "울지 마라/ 외로우니까 사람이다/ 살아간다는 것은 외로움을 견디는 일이다"

벚꽃 그늘에 앉아보렴

이기철

벚꽃 그늘 아래 잠시 생애를 벗어 놓아보렴
입던 옷 신던 신발 벗어놓고
누구의 아비 누구의 남편도 벗어놓고
햇살처럼 쨍쨍한 맨몸으로 앉아보렴
직업도 이름도 벗어놓고
본적도 주소도 벗어놓고
구름처럼 하이얗게 벚꽃 그늘에 앉아보렴
그러면 늘 무겁고 불편한 오늘과
저당 잡힌 내일이
새의 날개처럼 가벼워지는 것을
알게 될 것이다

벚꽃 그늘 아래 한 며칠
두근거리는 생애를 벗어 놓아보렴
그리움도 서러움도 벗어놓고
사랑도 미움도 벗어놓고
바람처럼 잘 씻긴 알몸으로 앉아보렴
더 걸어야 닿는 집도
더 부서져야 완성되는 하루도
도전처럼 초조한 생각도
늘 가볍기만 한 적금통장도 벗어놓고
벚꽃 그늘처럼 청정하게 앉아보렴

그러면 용서할 것도 용서받을 것도 없는
우리 삶
벌떼 잉잉거리는 벚꽃처럼
넉넉해지고 싱싱해짐을 알 것이다
그대 흐린 삶이 노래처럼 즐거워지길 원하거든
이미 벚꽃 스친 바람이 노래가 된
벚꽃 그늘로 오렴

『문예중앙』, 1999. 봄.

소통의 시 읽기

"그대 흐린 삶이 노래처럼 즐거워지길 원하거든/

이미 벚꽃 스친 바람이 노래가 된/ 벚꽃 그늘로 오렴"

이기철의 시작품 「벚꽃 그늘에 앉아보렴」을 독서하면서 얻게

되는 직관적인 첫 느낌은 '세상 것들 잠시 곁으로 밀어놓고 맨몸

이 되어보는 행위'이다. '벚꽃 그늘 아래 잠시(한 며칠) 생애를 벗

어 놓아보렴'이라는 1연과 2연에 반복적으로 표현된 화자의 목소

리와, '맨몸'과 '알몸'이라는 시어를 통해 그러한 첫 느낌이 나타

날 수 있다.

이어서 이 작품에서 의문점을 찾고 질문을 던질 수 있는 부분

은 어디인가. 즉 시인이(또는 시작품이) 선택한 시어나 제재에 함축

하고자한 의미가 담겨있다고 생각되는 부분은 어디인가를 주목해

보자.

우선 1연에서 선택하고 있는 소재들, 즉 '입던 옷 신던 신발',

'누구의 아비 누구의 남편', '직업도 이름도', '본적도 주소도' 등

은 사전적 의미이외에 어떤 의미를 담고자한 것일까. 또한 2연에서 선택하고 있는 제재들, 즉 '그리움도 서러움도', '사랑도 미움도' "더 걸어야 닿는 집도/ 더 부서져야 완성되는 하루도/ 도전처럼 초조한 생각도/ 늘 가볍기만 한 적금통장도" 등은 어떤 의미를 담고자 한 것일까. 그리고 각 연마다 반복되는 비유들, 즉 '햇살처럼', '구름처럼', '새의 날개처럼', '바람처럼', '벚꽃 그늘처럼' '벌떼 잉잉거리는 벚꽃처럼' 등의 이미지가 탄생시키는 의미는 과연 무엇인가를 주목할 필요가 있다.

시 독서법의 세 번째 단계에 따라 이 작품은 형식상의 3연 구분에 따라 세 부분으로 나누어 구성요소들 간의 유기적 상관관계를 주목하면 더욱 쉽게 이해할 수 있다.

1연에서 열거하고 있는 소재들은 구체적 대상들로써 삶에서 부딪치게 되는 외적 현실들이며, 2연의 제재들은 추상적 관념들로써 살아가면서 겪게 되는 내적 감정들이다. 1연에서 화자는 그러한 외적 현실을 '벚꽃 그늘 아래' 앉아 잠시 벗어놓고 '맨몸'으로 앉아보기를 청하고 있다. 또한 2연에서는 그러한 내적 감정을 '벚꽃 그늘 아래' 앉아 잠시 벗어놓고 '알몸'으로 앉아보기를 권유하고 있다. 3연은 그러한 모든 것을 통합하여 주제를 구축해낸 부분이라고 볼 수 있다.

이제 시 독서법의 네 번째 단계인 부분과 전체를 반복적으로 순환하며 통합하면 함축된 의미와 주제를 공감할 수 있다.

결국 '햇살처럼 쨍쨍한 맨몸으로', 그리고 '구름처럼 하이얗게' 벚꽃 그늘에 앉아보면 '새의 날개처럼 가벼워지는 것을' 알게 될 것이며(1연), '바람처럼 잘 씻긴 알몸으로' '벚꽃 그늘처럼 청정하게' 앉아보면(2연), '벌떼 잉잉거리는 벚꽃처럼/ 넉넉해짐을' 알게 될 것이다.(3연) 1연과 2연을 통해 이루어지는 순환과 반복은 결국 3연의 마지막 세행으로 통합되면서 주제를 함축하게 된다. 즉 세상 것 다 벗어놓고 벚꽃 그늘에 앉아 '벚꽃 스친 바람이 노래가 된 벚꽃 그늘'을 느낄 수만 있다면, '그대 흐린 삶이 노래처럼' 즐거워질 것이라는 믿음을 주제로 형상하고 있는 것이다.

세상 것들과 인간의 감정들 모두 벗어놓고 가볍고 청정한
마음으로 돌아가 보자.
그러면 '노래처럼 즐거운' 새로운 삶의 희망이 찾아들 것이다

날마다 부딪치는 세상 것들, 즉 '늘 무겁고 불편한 오늘과/ 저
당 잡힌 내일'과 그리움과 서러움, 사랑과 미움과 같은 초조한 생
각들까지도 잠시 모두 벗어놓고 가볍고 청정한 마음으로 돌아가
보자. 그러면 세상 것들과 인간의 감정이 얼마나 하찮은 것인가를
깨닫게 될 것이다. 이 시는 바로 그러한 치유의 마음을 일깨워주
고 있다.

어쩌면 이 시에서 말하고 있는 바처럼 우리 삶은 '용서할 것도
용서받을 것도 없는' 넉넉하고 싱싱한 노래일지도 모른다. 이처럼
이 작품은 긴장과 초조로 점철된 우리 삶에 청정한 한 줄기 햇살
을 비춰주는 휴식처를 제공해주고 있다.

삶의 현실은 어차피 아픔의 현장이다. 끊임없이 밀려드는 외적
현실을 잠시 벗어놓고 '맨몸'이 되어보고, 소용돌이쳐 오는 내적

감정들을 한 며칠 벗어놓고 '알몸'이 되어보는 일은 단지 탈출을 위한 피난이 아니다. 그것을 극복하고 '노래처럼 즐거운' 새로운 삶의 희망을 되찾고자하는 것이다.

나를 얽매고 있는 현실과 그로인해 밀려드는 수많은 감정의 찌꺼기들로부터 잠시 해방되는 순간을 맞이한다면, 노래와 같은 안식은 반드시 찾아들 것이다. 그때 비로소 세상은 살아있음만으로도 감사할 수 있으며, 아름답다고 느낄 수 있기 때문이다. 이 작품은 다시 일어나 새로운 삶을 시작하라고 권면하고 있다.

그림자

백운복

이끌고 가는 줄 알았는데
내가 주인인 줄 알았는데,

멈칫 한 번 하지 않고
말없이 밀어주고 당겨주며

더러 지쳐 주저앉아 있을 때는
곁에 바짝 붙어 기다려주고 있었다.

어두운 곳에서도 내 몸에 들어와
나보다 먼저 빛을 기다리며
언제나 나를 일으켜 주고 있었고,

빛난다고 자만하는 한낮에
그림자를 잠시 잊을 때에도
모습을 낮추거나 숨길 뿐
한 번도 나를 가린 적이 없었다.

오늘도 그는
나보다 먼저 일어나 긴 팔 펼치고
여명(黎明)으로 나아가자고 기다리고 있다.

시집 『아름다운, 너무나 아름다운 세상』, 2014.

소통의 시 읽기

"이끌고 가는 줄 알았는데 / 내가 주인인 줄 알았는데"

「그림자」라는 시작품을 순수하고 적극적으로 독서하다보면, 그 첫 느낌은 무심코 지나쳤던 나의 그림자에 대한 재인식이다. 그것은 곧 그림자의 주인이 '나'라고 생각했던 일상적 인식과는 다르게, 그림자가 나의 주체가 될 수 있다는 놀라운 시적 인식의 체험이다.

이어서 독서법 두 번째 단계에 따라 의문점을 찾고 질문을 던져보자.

이 작품에서 그림자가 주체가 되어 표현되고 있는 문맥들의 함축된 의미는 과연 무엇일까. 그리고 '지쳐 주저앉아 있을 때'나 '어두운 곳', '빛난다고 자만하는 한낮'은 삶에서 마주치는 어떤 상황을 의미하는 것일까. 또한 끝 행의 '여명'이라는 시어가 지니는 상징적 의미는 과연 무엇일까. 등과 같은 의문점을 갖게 될 것이다.

독서법의 세 번째 단계는 부분으로 나누어 구성요소들 간의 유기적 상관관계를 살피는 일이다.

이 작품은 세 부분으로 나누어 이해할 수 있다. 1연부터 3연까지는 내가 그림자의 주인인 줄 알았던 일상의 인식을 바꾸어 그림자가 나의 주체임을 자각하는 시적 인식이 나타난 부분이다. 이어 4연과 5연은 그림자가 주체라는 인식을 보다 구체화시키는 단계라고 할 수 있다. 그리고 마지막 연은 화자가 그림자에 완전히 동화되어 현재를 인식하고 있는 부분이라고 볼 수 있다. 이러한 과정의 변화는 3연과 5연의 마지막 서술어가 '있었다'와 '없었다', 즉 과거형의 인식으로 나타나는데 반해 6연의 마지막 서술어는 '있다'라는 현재형으로 나타나 있는 것으로도 알 수 있다.

이제 마지막 독서단계인 부분과 전체를 반복적으로 순환하며 통합하여 두 번째 단계에서 던졌던 의문점을 해결하고 함축된 의미를 공감해보자.

그림자가 주체가 되고 있는 시의 문맥에서 나타나고 있는 것처럼 그림자는 '오직 나를 위해' 말없는 조력자와 위로자로 존재하고 있음을 알 수 있다. 따라서 '지쳐 주저앉아 있을 때'나 '어두운 곳'의 함축된 의미는 암담한 현실의 장벽 앞에서 좌절하고 괴로워할 때이며, '빛난다고 자만하는 한낮'은 성공적인 삶을 살아가는 때에 나타나는 자만의 모습이라고 할 수 있다. 그리고 '여명'

은 이 작품의 주제를 함축한 시어이다. 즉 희망의 빛을 상징함으로써 좌절에 빠져있는 주인(그림자의 주인)을 위해 언제나 곁에서 기다리며 일으켜주는 그림자의 생명력을 표현한 것이다.

치유의 시 읽기

"오늘도 그는/ 나보다 먼저 일어나 긴 팔 펼치고/
여명으로 나아가자고 기다리고 있다"

시의 창작 작업은 이름 없는 사물에 이름을 부여하고, 이미 상투화된 사물과 관념에 새로운 이름을 부여하는 일이기도 하다. 이 작품은 무심코 지나치기 쉬운 (자신의) 그림자에 새로운 생명을 부여하여 의미 있는 가치를 탄생시키고 있다. 삶의 현실, 그 아픔의 현장에서 생활하고 있는 현대인들은 아주 작고 사소한 것들을 너무나 많이 놓치고 있는 것 같다. 자세히 들여다보면 그 사소한 것들이 나의 존재를 지탱해주는 가장 귀중한 것이라는 사실을 망각한 채 말이다.

이 작품은 무의미한 듯 여겨 관심 밖으로 빗겨나 있는 그림자에 존재의 가치와 의미를 부여해 준다. 어쩌면 삶에서 참으로 소중하고 가치 있는 것들을 모르거나 지나쳐버리는 우리 인간의 삶을 이 작품은 되돌아보게 한다. 이 작품의 마지막 연, 즉 "오늘도 그는/ 나보다 먼저 일어나 긴 팔 펼치고/ 여명으로 나아가자고 기다리고 있다"에서 표현하고 있듯이, 이 작품은 나를 좌절에서 일으켜 세워주고 끝까지 나를 기다려주는 것은 내게 가장 가까이 있는 어떤 작은 존재라는 것을 일깨워준다.

아픈 날들의 기억

박민수

아픈 날들의 기억은
기쁜 날들을 위해 아름답다.
오늘 아침 깨어나
집 앞 가까이 흐르는 긴 강줄기 바라보다가 문득
젊은 날 가슴을 얼싸안고
온몸으로 눈물을 흘리던 때가 기억났다.
사는 것이 모두 아픔이던 시절 나의 눈물은
걷잡을 수 없는 긴 강물이었다.
무엇이 나를 그렇게 울게 했는지 모르지만
이 아침 문득 그 눈물의 기억이
내 생명의 파도가 되어 봄날처럼 따듯하다.
아픈 날 눈물이 있었기에
그 눈물로 슬픔의 벽을 넘을 수 있었으리.
아픈 날들의 기억은 진정
기쁜 날들을 위해 아름답다.

『유심』, 2015. 01.

소통의 시 읽기

"아픈 날들의 기억은/ 기쁜 날들을 위해 아름답다"

「아픈 날들의 기억」이라는 시작품을 능동적이고 적극적으로 독서하면서 얻게 되는 직관적인 첫 느낌은 "아픈 날들의 기억은/ 기쁜 날들을 위해 아름답다"라는 시적 명제일 것이다. 이 표현이 시의 처음 부분과 끝 부분에 반복됨으로써 그러한 느낌을 더욱 강화한다.

이어서 의문점을 찾고 질문을 던질 수 있는 부분은 '긴 강줄기 (긴 강물)'와 반복적으로 나타나는 '눈물'의 함축된 의미일 것이다. 아울러 '그 눈물의 기억이/ 내 생명의 파도가 되어 봄날처럼 따뜻하다'라는 표현이 함축하고 있는 의미는 무엇일까에 주목하게 될 것이다. 이 함축된 의미를 이해하게 되면, 첫 느낌에서 주목했던 시적 명제, 즉 "아픈 날들의 기억은/ 기쁜 날들을 위해 아름답다"라고 표현한 화자의 메시지를 공감하게 될 것이기 때문이다.

시의 독서를 위한 세 번째 단계와 네 번째 단계, 즉 구성요소들 간의 유기적 상관관계를 주목하면서 부분과 전체를 반복적으로 순환하며 통합해보면 함축된 의미가 자연스럽게 드러나 주제를 공감할 수 있다.

'긴 강줄기'는 '젊은 날 가슴을 얼싸안고/ 온몸으로 눈물을 흘리던 때'를 기억나게 했으며, 그때는 '사는 것이 모두 아픔이던 시절'이었음을 자각하게 했다. 그러나 이 작품은 단지 젊은 시절의 고통과 아픔을 한탄하는데 머물러있지는 않다. 그 아픔을 아름다움으로 승화시키는 시적 정서가 이 작품의 가장 주된 줄기로 뻗어나가고 있다. 그 승화의 원동력은 다름 아닌 '눈물'이다. '사는 것이 모두 아픔이던 시절'에 '걷잡을 수 없는 긴 강물'이었던 눈물이 있었기에 '기쁜 날들'이 있는 법이다. 화자는 "이 아침 문득 그 눈물의 기억이/ 내 생명의 파도가 되어 봄날처럼 따뜻하다."고 표현하고 있다. 그것은 눈물이 지닌 생명력이며, 그 눈물로 '슬픔의 벽을 넘을 수' 있었다는 믿음인 것이다. 이제 첫 느낌에서 얻어진 시적 명제가 분명해지며, 우리는 화자의 목소리를 통해 주제를 공감할 수 있다.

치유의 시 읽기

지난날들의 아픔은 눈물이 있었기에
'슬픔의 벽'을 넘을 수 있었고,
그 눈물의 기억은 '내 생명의 파도가 되어 봄날처럼' 따뜻하다

　삶의 현실은 고난과 시련을 동반한 아픔의 현장이다. 그것은 살아가는 인간이 피할 수 없는 숙명일 것이다. 더구나 젊은 날의 삶이란, 이 시에 표현된 것처럼 '사는 것이 모두 아픔이던' 시절이다. 따라서 눈물도 가장 많이 흘렸을 시절이다. 그러나 그 눈물이 결코 헛되지 않은 것임을 이 작품은 시적 명제로 표현하고 있다. 그것은 곧 그 눈물의 기억이 '내 생명의 파도가 되어 봄날처럼' 따뜻하기 때문이다. 그때의 아픔은 바로 이 눈물이 있었기에 '슬픔의 벽'을 넘을 수 있었다는 인식이다. 바로 그 눈물의 생명력으로 슬픔의 벽을 넘어왔다는 것이다. 그래서 이 작품에서 표현하고 있는 "아픈 날들의 기억은 진정/ 기쁜 날들을 위해 아름답다."는 시적 명제를 공감할 수 있다.

　눈물은 아픔에 대한 육체적 반응이다. 그러나 그것이 단순히 조

건반사적 행위에 불과하다면, 아무런 의미가 없다. 그 눈물을 '생명의 파도'로 재생시켜 '슬픔의 벽'을 넘는 에너지로 활용한다면, 그것은 오히려 '기쁜 날들을 위해' 아름다울 수 있다. 아름다운, 너무나 아름다운 세상에 아름다운 사람이 있음을 믿기 때문이다.

part·2

그리움,
그 영원한 서정

너를 기다리는 동안

황지우

네가 오기로 한 그 자리에
내가 미리 가 너를 기다리는 동안
다가오는 모든 발자국은
내 가슴에 쿵쿵거린다
바스락거리는 나뭇잎 하나도 다 내게 온다
기다려본 적이 있는 사람은 안다
세상에서 기다리는 일처럼 가슴 에리는 일 있을까
네가 오기로 한 그 자리, 내가 미리 와 있는 이곳에서
문을 열고 들어오는 모든 사람이
너였다가
너였다가, 너일 것이었다가
다시 문이 닫힌다

사랑하는 이여
오지 않는 너를 기다리며
마침내 나는 너에게 간다
아주 먼 데서 나는 너에게 가고
아주 오랜 세월을 다하여 너는 지금 오고 있다
아주 먼 데서 지금도 천천히 오고 있는 너를
너를 기다리는 동안 나도 가고 있다
남들이 열고 들어오는 문을 통해
내 가슴에 쿵쿵거리는 모든 발자국 따라
너를 기다리는 동안 나는 너에게 가고 있다.

시집 『게 눈 속의 연꽃』, 1990.

소통의 시 읽기

> "아주 먼 데서 지금도 천천히 오고 있는 너를/
> 너를 기다리는 동안 나도 가고 있다"

황지우의 「너를 기다리는 동안」을 순수하고 적극적으로 읽다보면, 제목에서 나타나고 있는 것처럼 초조한 마음으로 너를 기다리고 있는 '나'(화자)의 모습을 느낄 수가 있다. 그 '가슴 에리는 일'을 겪으면서 깊어지는 초조함의 심정을 표현한 작품이다.

이 시에서 의문점을 찾고 질문을 던질 부분은 어디인가.

그것은 기다리는 동안 겪으면서 느끼게 되는 많은 인식들, 즉 "다가오는 모든 발자국은/ 내 가슴에 쿵쿵거린다", "바스락거리는 나뭇잎 하나도 다 내게 온다", "문을 열고 들어오는 모든 사람이/ 너였다가/ 너였다가, 너일 것이었다가" 등의 표현에서 느낄 수 있는 함축된 의미는 무엇일까. 또한 후반부에서 반복적으로 표현하고 있는 '아주 먼 데서', '아주 오랜 세월을 다하여' 나는 너에게 가고, '너는 지금 오고 있다'는 표현에 담긴 의미는 무엇일까. 그리고 전반부에서는 '오기로 한' 너를 기다리는 화자의 모습을 표현하고 있는데 반해, 후반부에서는 '오지 않는' 너를 기다린다는 인식전환으로 표현되고 있는 것은 또 어떤 의미를 함축하고 있는가.

시 독서법의 세 번째 단계는 작품을 몇 개의 부분으로 나누어 구성요소들 간의 유기적 상관관계를 주목하는 일이다.

이 작품은 크게 두 부분으로 나누어 이해할 수 있다. 그 나누는 부분은 12행 "다시 문이 닫힌다"일 것이다. 시적 주체('나')는 일정한 장소에 고정되어 있는 상태에서 '너'를 기다리고 있다. 그러나 전반부에서 '나'는 정지된 상태에서 주변의 변화를 인식하고 있는 형태로 구성되고 있는데 반해 후반부에서는 '나'는 움직이고 있는 상태로, 즉 '너에게 가고 있는' 형태로 구성되고 있다. 그만큼 기다림의 정서가 깊어지고 있음을 느낄 수 있다. 전반부가 기다림에 대한 외적인 현실인식의 표현이라고 한다면, 후반부는 기다림의 정서에 대한 내적인 인식의 표현이라고 할 수 있다.

이어서 독서법의 마지막 단계인 부분과 전체를 반복적으로 순환하며 통합하여 함축된 의미 찾기와 주제를 공감해보기로 하자.

두 번째 단계에서 던져진 의문점과 질문은 자연스럽게 풀리게 된다. 전반부에서는 '오기로 한' 너를 고정된 자리에서 기다리고 있는 '나'의 초조함을 배가시켜나가는 모습이며, 후반부는 비록 몸은 고정된 자리에 있지만 정서가 '오지 않는' 너를 기다리며 끊임없이 '너'에게로 이동해가고 있는 모습이다. 그렇다면 후반부의 '아주 먼 데서 지금도 천천히 오고 있는 너'는 과연 어떤 존재이며, 화자는 왜 그런 "너를 기다리는 동안 나도 가고 있다"라고 표현한 것일까. 여기에 주제가 응축되어 있다. 그것을 공감할 수 있는 가장 중요한 열쇠는 바로 '너'의 상징성을 감지하는 것이다. 지금까지의 독서과정을 통해 저절로 알 수 있는 것처럼 '너'는 기다리는 어떤 대상일 수 있지만, 인간이 끝까지 버릴 수 없는 희망이라는 존재로도 볼 수 있을 것이다.

치유의 시 읽기

기다림은 거부할 수 없는 인간의 숙명이다. 비록 오지 않는 (오지 않을) 대상이라 하더라도 기다림은 멈출 수 없다

인생은 희망이라는 또는 목표라는 '너'를 기다리는 여정일지도 모른다. 비록 그것이 무지개처럼 영원히 잡히지 않는 존재일지라

도 인간은 그 기다림을 멈출 수 없으며, '너'에게로 가고 있다. 이 시의 중간부분에 표현되고 있는 것처럼 때로는 "문을 열고 들어오는 모든 사람이/ 너였다가/ 너였다가, 너일 것이었다가" 하였지만, "다시 문이 닫힌다"라는 표현에서 알 수 있듯이 그때마다 그것은 결국 내가 바라는 궁극적 대상은 아니었다. 이것은 곧 시지포스신화적인 인간의 한계성을 표현한다.

비록 오지 않는다 해도 기다림은 계속된다. 후반부에서 표현되고 있는 '아주 먼 데서 지금도 천천히 오고 있는 너'는 시의 전반부에서 '오기로 한 너'와는 달리 허상의 존재일 수도 있다. 그런데도 불구하고 과거의 모든 인간들이 그러했듯이, "남들이 열고 들어오는 문을 통해/ 내 가슴에 쿵쿵거리는 모든 발자국 따라/ 너를 기다리는 동안 나는 너에게 가고 있다."

기다림은 거부할 수 없는 인간의 숙명이다. 비록 오지 않는(오지 않을) 대상이라 하더라도 기다림은 멈출 수 없다. 이 작품은 너를 기다리는 동안이 곧 살아있는 동안이라는 시적 명제를 우리에게 제시해준다.

겨울 바다

백현빈

연변에서 온 양(梁)씨 아줌마는
고향 소식만큼 뜸하게 오는
손님이 지나 간 식탁 위를
하염없이 닦고 닦았다.

지난 여름의 파도는
연변 소식이라도 엿들으려고
인천 앞바다에 먼저 가 있고,

손때에 절은 앞치마 끝자락은
여린 겨울 햇살을 얼싸안고
서쪽 방향으로만 흔들거렸다.

텅 빈 식탁만이 겨울 바다를
무심하게 바라다보고 있던 날,
누렇게 바랜 앞치마를 풀어
짐 보따리 곁에 가지런히 접어두고

몸 곳곳의 음식 냄새를 벗어 둔 채
향긋하고 푸르른 원피스를 입고
오랜만에 백사장에 나가

비로소 고요해진 모래밭에 서서
수평선 너머 딸을 향해
파랗고 큰 파도를 하염없이 일으켰다.

그때, 문득
지난여름의 파도가 밀려와
겨울 바다를 보듬어 안고
잔잔하게 흔들거렸다.

『모던포엠』, 2010. 8.

소통의 시 읽기

> "손때에 절은 앞치마 끝자락은/
> 여린 겨울 햇살을 얼싸안고/ 서쪽 방향으로만 흔들거렸다"

백현빈의 「겨울 바다」를 독서하면서 얻게 되는 직관적인 첫 느낌은 고향에 두고 온 딸을 애타게 그리워하는 '연변에서 온 양씨 아줌마'의 모습이다. 처음부터 화자는 양씨 아줌마라는 한 인물(의 심정)을 관찰자의 시점으로 섬세하게 묘사해내고 있다. 독자는 그토록 분주했던 여름을 지나 한가해진 겨울 바다의 한 식당에서 비로소 고향에 두고 온 딸을 그리워하고 있는 한 여인을 만날 수 있다.

이어서 독서의 두 번째 단계인 작품 속에서 의문점을 찾고 질문을 던져보도록 하자.

첫 느낌에서 이해한 것처럼, 이 시는 '양씨 아줌마'의 심정을 묘사하는 부분들로 구성되어 있다. 특히 이 시에서 공통적으로 활용하고 있는 묘사의 기법은 사용된 소재들, 즉 '파도', '앞치마 끝자락', '텅 빈 식탁' 등을 인격화하여 양씨 아줌마의 심정을 표출하고 있는 점이다. 그 다양한 묘사적 표현들 속에 함축된 의미들은 과연 무엇인가. 이 작품은 몇 개의 부분들로 나누어 이해하기보다는 묘사된 표현들과 그 표현들 간의 유기적 상관관계를 주목하여 이해할 필요가 있다.

우선 3연까지는 손님이 거의 없는 겨울 바다의 식당에서 식탁 위를 '하염없이' 닦고 있는 '양씨 아줌마'를 묘사하고 있다. 그리고 4연부터는 오랜만에 백사장에 나가 맘껏 고향의 딸을 그리워하는 아줌마의 심정을 묘사하고 있다.

1연부터 묘사적 표현들 속에 함축된 의미를 공감해보도록 하자. 우선 뜸하게 오는 손님이 지나 간 식탁 위를 '하염없이 닦고' 닦는 모습은 고향에 대한 그리움을 표출하는 행위라고 볼 수 있다. 2연의 '지난 여름의 파도'는 현재의 '겨울 바다'와 대조되는 표현으로 인파가 넘쳐 돈도 많이 벌었으며, 즐거움과 행복감도 있었던 여름 한 철을 의미한다. 3연 '손때에 절은 앞치마 끝자락'은 아줌마의 고된 삶의 모습을 함축하고 있으며, "서쪽 방향으로만 흔들거렸다."는 연변 소식이라도 들을 수 있는 인천이나 딸이 있는 연변 방향을 그리워하는 심정을 의미한다.

그리고 4연의 '누렇게 바랜 앞치마'는 고생한 시간과 그리워 눈물 흘렸던 세월을 동시에 함축하고 있으며, 5연의 '향긋하고 푸르른 원피스'는 언젠가 고향에 갈 때 입으려고 준비해둔 옷으로 앞의 '앞치마'와 대조를 이루어 그 의미를 효과적으로 배가하고 있다. 6연의 "수평선 너머 딸을 향해/ 파랗고 큰 파도를 하염없이 일으켰다."는 표현은 그동안 그리움을 속으로만 삭혔었는데 이제라도 실컷 그 그리움을 표출하고자 하는 심정을 담고 있다. 마지막 7연은 지난 여름의 파도와 현재의 겨울 바다의 파도가 아줌마의 그리움의 파도와 하나가 되어 서로 보듬어 안고 위로하고 있는 모습을 표현한 것이다. 화자는 연변에서 온 양씨 아줌마의 외롭고 힘겨운 삶과 딸에 대한 그리움을 겨울 바다의 포근함으로 감싸 안음으로써 삶의 현실, 그 아픔의 현장에서도 꿋꿋하게 살아가는 한 인물을 그려내고 있다.

치유의 시 읽기

**'그리움'은 인간의 영원한 서정이다. 그것이 시의 창작 에너지가
되는 것은 너무나 자연스러운 일이다**

이 시에서 화자가 양씨 아줌마의 심정을 통해 표현하고자 한
것은 과연 무엇인가. 요즈음 어렵고 힘든 노동현장, 특히 서민적
인 식당에서 연변이나 아시아에서 온 사람들을 만나는 것은 일상
이 되었다. 우리는 이 작품을 통해 그들의 애환과 고향에 대한 향
수를 되새겨볼 수 있다. 이 작품에 시적 인물로 등장한 '양씨 아
줌마'는 그들을 대변하는 상징적 인물이다.

'그리움'은 인간의 영원한 서정이다. 그것이 시의 창작 에너지
가 되는 것은 너무나 자연스러운 일이다. 특히 그 대상이 멀리 있
거나 해후하기 힘들수록 그 에너지는 더욱 강해질 것이다. 따라서
'양씨 아줌마'는 연변에서 돈을 벌기 위해 한국으로 온 한 노동자
이면서 동시에, 무엇인가에 대한 그리움의 정서로 힘들어 하고 있
는 우리 모두의 모습이기도 하다.

어린 우리 아버지

이대흠

엊그제까지는 몸도 못 뒤집더니
오늘은 뒤뚱뒤뚱 어쩜 이리 잘 걸으실까
통통통 바닥을 퉁기며 다섯 발짝이나 걸었네
한 번도 넘어지지 않고 걸음마 잘 하시네
오른발 왼발 오늘은 걸음마를 떼었으니
내일은 방 한 바퀴 돌아봐야지

아이고 이뻐라
헤벌쭉 헤벌쭉 웃는 우리 아버지
말 배우려는지 못 알아들을 소리로
무어라 혼자 종알거리고
또 꼼지락거리고
화냈다가 흐느끼다가 혼자서 마구 웃는
어여쁜 우리 아버지

그래 그래야지
이제는 아들 얼굴도 알아보고
딸한테도 알은체를 하시네
쥐엄쥐엄 하면 쥐엄쥐엄 잘 따라 하시고
밥 달게 잡수더니 똥도 미끈하게 잘 싸셨네
눈에 넣어도 안 아플 우리 아버지

오줌 똥 못 가려 기저귀 찼어도
과자 주스 먹을 땐
절반쯤은 흘려서 옷이 다 버려도
오물오물 밥 씹는 소리만 들려도 오져라
환하게 웃으면 온 집안이 밝아지는 우리 복덩어리

말도 잘 못하고
혼자서는 잘 걷지도 못하는 어린 우리 아버지
내 살을 갈아서라도 키워야 할
여리고 작은 내 새끼, 우리 아버지

『유심』, 2013. 5.

소통의 시 읽기

"말도 잘 못하고/ 혼자서는 잘 걷지도 못하는 어린 우리 아버지/
내 살을 갈아서라도 키워야 할/
여리고 작은 내 새끼, 우리 아버지"

이대흠의 「어린 우리 아버지」라는 시작품을 읽으면서 받게 되는 첫 느낌은 아버지에 대한 화자의 묘사나 표현에서 나타나는 당혹감일 것이다. 그러면서도 뇌졸중이나 치매에 걸려있는 (화자의) 아버지에 대한 애틋한 사랑과 회한일 것이다. 이러한 직관적인 첫 느낌은 각 연마다 표현되고 있는 아버지의 현재 모습과 화자의 어린아이 시절 모습과의 동일시에서 더욱 깊게 스며든다.

이어서 이 작품에서 의문점을 찾고 질문을 던져볼 부분을 주목해보자.

우선 "'어린' 우리 아버지"라는 제목에서부터 당혹스러움을 느낄 수밖에 없다. 그것은 '어린'이라는 수식어가 가져오는 생소함 때문일 것이다. 사실 이 작품은 이러한 생소함과 당혹스러움이 작품 전체를 일관하고 있다. 1연은 '걸음마'하시는 아버지에 대한 묘사이며, 2연은 감정조절이 무질서한 아버지의 모습이며, 3연은 먹고 싸고 '쥐엄쥐엄' 따라 하기도 하는 아버지의 모습이다. 그리고 4연에서는 '오줌 똥 못 가려' 기저귀 차고 '절반쯤은' 흘리며 먹는 아버지 모습을 묘사하고 있다.

시 독서법의 세 번째와 네 번째 단계에 따라 구성요소들 간의 유기적 상관관계를 주목하고, 부분과 전체를 반복적으로 순환하며 통합해보면 우리는 이 작품의 함축된 의미와 주제를 공감할 수 있다.

첫 느낌에서 감지한 것처럼 이 작품은 뇌졸중이나 치매에 걸려 있는 현재의 아버지 모습과 화자의 어린아이 시절 모습을 동일시하여 시적 형상화를 이루어내고 있다. 그만큼 표현기법이나 문체가 철저하게 어린아이에 대한 묘사로 일관되고 있음으로 아버지와 시적 화자와의 거리는 좁혀지고 있지만, 상대적으로 독자와 시적 화자(또는 아버지)와의 거리는 멀어지는 효과를 내고 있다. 그만큼 화자의 슬픔은 절제되고 있지만, 독자에게 주는 슬픔의 정서는 배가되고 있는 것이다.

'어린 우리 아버지', '어여쁜 우리 아버지', '눈에 넣어도 안 아플 우리 아버지', '환하게 웃으면 온 집안이 밝아지는 우리 복덩어리' 등과 같은 표현에서 나타나는 비극적 아이러니는 이 작품을 일관하는 표현기법이다. 화자의 아기시절과 아버지의 현재 모습과의 시점교체가 가져다주는 비극적 아이러니의 효과가 이 시의 주제를 자연스럽게 형상해주고 있다. 이 작품의 마지막 연은 바로 그러한 비극적 아이러니를 통합하여 주제를 형상해주는 부분이라고 할 수 있다. 그 핵심 부분이 바로 "내 살을 갈아서라도 키워야 할/ 여리고 작은 내 새끼, 우리 아버지"이다. 화자가 어린 시절에 아버지가 화자에게 그리했던 것처럼 이제 '여리고 작은 내 새끼'가 아버지로 자리바꿈했을 따름이다.

치유의 시 읽기

자신의 어린 시절 아이 모습과 같아진 아버지의 모습,
그 아픈 현실을 비극적 아이러니로 극복하면서 말하고 있다.
괜찮다고 아무렇지도 않다고……

이 시를 독서하면서 만나볼 수 있었던 화자의 경우처럼 '어린 우리 아버지'나 '여리고 작은 내 새끼'가 된 어머니를 봉양하고 있는 사람들이 의외로 많이 있을 것이다. 대부분 예기하지 못한 채 갑자기 마주친 일이었으며, 기한을 정해놓고 봉양하는 일도 아닐 것이다. 이 작품이 우리에게 주는 감동은 시적화자의 어린 시절 모습과 너무나 닮은 현재의 아버지의 모습에서 다가온다. 이처럼 화자는 아버지를 자신의 어린 시절 아이의 모습과 동일시함으로써 아픔을 카타르시스하고 있다.

아버지의 모습을 섬세하게 묘사할수록 어린 시절 아이의 모습이 강하게 부조된다. 선택된 제재들, 즉 '걸음마', '옹알이', '꼼지락거리기', '사람 알아보기', '쥐엄쥐엄하기', '흘리면서' 먹는 모습, '기저귀' 등은 어린 아기를 묘사하기 위한 매우 친숙한 소재들로써 시 작품 속으로 쉽게 젖어들 수 있도록 한다. 아울러 시어와 문체의 선택까지도 그 친숙함을 더욱 배가시킨다.

이 작품의 시적 화자와 비슷한 처지를 체험하는 독자가 있다면, 함께 아픔과 어려움을 카타르시스하면서 이렇게 소통할 수 있을 것이다. "괜찮습니다. 그것도 운명인걸요. 함께 소통하면서 공유하도록 해요"

part·3

자연의 섭리,
그 신비로운 경이

두엄

권숙월

우리는 늘 푸른 동산에서
말하는 뱀까지도 만난 풀이다.
쫓겨난 사람들 땀에 젖은 짚이다.
외양간에서 나온 배설물이다.
이 땅 위의 버려진 잡살뱅이였다가
어울려 뜨거운 두엄이다.
들이 그리운 두엄이다.

냄새나는 사람들은 알지 못한다.
만나면 서로 두엄되길 바랄 뿐
얼싸안은 우리와는 대조적이다.
한 세상 잠깐인데 아웅다웅
썩는 재미 다 놓치고 어째 사나 몰라.
썩어야 다시 꽃으로 피는 것을
열매 맺혀 익는 것을 알지 못한다.

시집 『동네북』, 1985.

소통의 시 읽기

"냄새나는 사람들은 알지 못한다. /
만나면 서로 두엄되길 바랄 뿐 / 얼싸안은 우리와는 대조적이다."

권숙월의 「두엄」이라는 시작품을 순수하고 적극적으로 독서하면서 얻게 되는 직관적인 첫 느낌은 두엄의 생성과 속성을 통해 '냄새나는' 인간을 비판적으로 표현하고 있다는 점일 것이다. 냄새나는 두엄의 뜨거운 어울림과 '만나면 서로 두엄되길' 바라는 냄새나는 사람들과의 대조가 이 시를 구성하고 있는 문법으로 작용하고 있다.

시 독서법의 두 번째 단계에 따라 작품에서 의문점을 찾고 질문을 던져보기로 하자.

우선 두엄의 소재들인 '풀', '짚', '배설물'을 묘사하고 있는 내용, 즉 '푸른 동산에서/ 말하는 뱀까지도 만난', '쫓겨난 사람들 땀에 젖은', '외양간에서 나온' 등의 표현이 함축하고 있는 의미는 무엇인가. 1연 끝 행의 '들이 그리운' 두엄의 의미는 무엇인가.

그리고 2연에서 '냄새나는' 사람들과 "만나면 서로 두엄되길 바랄 뿐"이라는 표현의 함축된 의미는 과연 무엇이며, '썩는 재미'라는 아이러니적 표현 속에 담겨진 의미는 무엇인가 등에 주목할 수 있을 것이다.

이어 구성요소들 간의 유기적 상관관계를 주목하면서 부분과 전체를 반복적으로 순환하며 통합해보면 앞서 의문점이 생겼던 함축된 의미와 주제를 공감할 수 있게 된다.

1연은 '두엄'을 주체로 묘사하고 있으며, 2연은 그 두엄과 대조하여 인간을 비판적으로 묘사하고 있다. '푸른 동산'과 '말하는 뱀'은 창세기의 에덴동산을 떠올리게 한다. 즉 창세기부터 존재한 '풀'의 상징적 의미를 담아내고 있다. '쫓겨난 사람들'이나 '외양간에서 나온'과 같은 묘사는 '이 땅 위의 버려진 잡살뱅이'의 의미를 보충해주면서 아무도 관심보이지 않는 소외된 어떤 것들(또는 사람들)을 함축적으로 표현하고 있다. 그리고 '우리(두엄)'와 '사람들'의 대조는, 2연에서 '얼싸안은' 두엄과 만나면 '서로 두엄되길 바랄 뿐'인 사람들의 대조로 구체적으로 표현되고 있다.

만나면 '어울려' 뜨거워지고 언제나 '들이 그리운' 두엄과 '썩는 재미' 다 놓치고 사는 인간과의 대조 속에 담고자한 의미는 무엇인가. 그것은 곧 이 시의 주제를 함축하고 있다고 볼 수 있는 '썩어야 다시 꽃으로 피는 것을/ 열매 맺혀 익는 것을'이라는 표현 속에 담겨있다. 즉 썩는 것은 꽃을 피우고 열매를 맺기 위한 가장 중요한 창조에너지임을, 그리고 그것은 창세기부터 있어온 자연의 섭리임을 형상하면서 이에 순응하지 못하는 인간을 비판하고 있는 것이다.

치유의 시 읽기

자연의 순리는
그 자체로 언제나 신비로운 경이이며, 아름답다

이 시는 만나면 서로가 두엄 되길 바라는 '냄새나는 사람들'과 어울려 뜨거운 '들이 그리운 두엄'에서 나타나는 대조를 통해 진정한 인간성의 회복을 염원하는 주제를 표현하고 있다. 이 척박한 시대에 냄새나는 '두엄'이라는 소재를 통해 자기희생적인 삶의 태도와 인간성의 원형회복에 대한 강한 갈망을 형상화하고 있는 이 작품은 현대인들에게 많은 생각을 갖게 한다.

자연의 섭리는 그 자체로 언제나 신비로운 경이(驚異)이다. 그

섭리에 순종하는 것은 인간의 인간성 회복이며, '한 세상 잠깐'인 삶을 의미 있게 살아가는 진정한 '재미'를 느낄 수 있도록 도와줄 것이다. 세상이 아름다울 수 있는 것도, 그 아름다운 세상에 아름다운 사람이 있는 것도 모두가 자연의 섭리에 순응할 때 가능한 법이다.

삶의 교시(敎示)

엄창섭

아프리카 초원의 여명에
가젤은 잠에서 눈을 뜬다.
정글의 사자보다 더 빠르게
달리지 못하면 먹힌다는 것 예감하고
역풍 가르며 본능적으로 질주한다.

새벽의 푸른빛 일어서는 밀림에서
맹수의 제왕 사자가 깨어난다.
가젤보다 힘차게 역주하지 않으면
허기로 죽는 까닭 알고 있기에
온 힘을 다해 해 뜨는 초원에서
가젤 앞지르는 야성 발동한다.

그대 또한 가젤이든, 사자이든
아침 해가 뜨기 전, 삶의 처소에서
열중의 일념으로 목숨을 걸고
역풍 속에서도 질주의 끈을
삶의 업보라 늦출 수 없다.

시집 『사고가능성』, 2011.

소통의 시 읽기

"그대 또한 가젤이든, 사자이든
/ 아침 해가 뜨기 전, 삶의 처소에서"

　엄창섭의 시작품 「삶의 교시」를 능동적이고 적극적으로 독서하다보면 생존을 위해 본능적으로 달리는 사자와 가젤의 모습이 생생하게 떠오르는 느낌을 받을 수 있다. 아프리카 초원의 '가젤'과 '사자'를 제재로 선택하여 그들의 질주 모티프를 공통으로, 주제를 형상하고 있는 그 시적 전략이 매우 이채롭다. 1연은 먹히지 않기 위해 달리는 '가젤'을 묘사하고 있으며, 2연은 허기로 죽지 않기 위해(잡아먹기 위해) 달리는 '사자'를 묘사하고 있다. 3연은 그러한 '질주의 끈'을 인간의 삶의 모습으로 표현해내고 있다.

　이 작품에서 의문점 찾아 질문을 던져볼만한 부분은 거의 없다고 본다. 3연의 '삶의 처소'나 '역풍'이라는 시어가 지니는 함축된 의미 정도를 고려해보면 충분할 것이다. 이어서 구성요소들 간의 유기적 상관관계를 주목하면서 부분과 전체를 반복적으로 순환하며 통합해보면 함축된 의미와 주제를 공감할 수 있게 된다.

'사자보다 더 빠르게 달리지 못하면' 먹히는 가젤(1연)과 '가젤보다 힘차게 역주하지 않으면' 허기로 죽는 사자(2연)의 팽팽한 대조를 통해, 최선을 다해 '역풍 속에서도 질주의 끈을' 결코 늦출 수 없는 '삶의 업보'를 형상해내고 있는 것이다.

또한 이 시는 작품의 구조성에서도 시어 선택과 형식적 상관관계의 면에서 완벽한 대조와 조화의 팽팽한 균형을 이루고 있다. 즉 '초원'과 '밀림', '처소'의 균형은 물론, '여명'과 '새벽', '아침 해가 뜨기 전'의 시어 선택이 이루고 있는 조화를 주목할 수 있다. 또한 '눈을 뜬다'(1연)와 '깨어난다'(2연), '달리지 못하면'(1연)과 '역주하지 않으면'(2연), '본능'(1연)과 '야성'(2연) 등이 거의 완벽하게 대조적으로 조화되고 있다. 아울러 1연과 2연이 가젤과 사자라는 주체로 각기 병치되어 구성되면서 3연으로 통합되는 유기적 구성력도 잘 이루어져 있다. 결국 3연에서 형상해주고 있는 것처럼 가젤과 사자는 자연스럽게 인간으로 등가화 되어 그 주제를 표출하고 있다. 따라서 '아침 해가 뜨기 전, 삶의 처소에서' 질주의 끈을 늦출 수 없는 것은 곧 우리 인간의 보편적 삶의 모습으로 다가오는 것이다.

"열중의 일념으로 목숨을 걸고/
역풍 속에서도 질주의 끈을/ 삶의 업보라 늦출 수 없다."

동물의 세계에 관련된 다큐멘터리 그림을 시청하다보면 흔하게
접할 수 있는 장면들이다. 그것이 약육강식의 비정함을 느끼게 하
거나, 너무나도 참혹하여 눈을 가져가기 어려운 경우도 많다. 그
러나 그 엄숙한 자연의 섭리 앞에서 신비로운 경이를 느낄 뿐이
다.

이 시작품의 3연에서 표현하고 있듯이, 우리의 삶이 더러는 '가
젤'이었다가 때로는 '사자'이었다가 하더라도 각자의 삶의 장소에
서 '열중의 일념으로 목숨을 걸고' 달려갈 수밖에 없다는 것이다.
어떠한 고난과 시련이 닥쳐오더라도(이것이 곧 '역풍'의 함축된 의미
이기도 하다) '질주의 끈'을 늦출 수 없다는 것이다. 그것이 곧 인
생이고 자연의 순리이며, '삶의 업보'라는 것을 이 시는 잘 표현
해주고 있다.

물구나무서서 세상을 바라보니

백운복

위태롭게 땅에 매달려 있는 것은
고층빌딩과 키 큰 사람들 뿐
하늘은 그대로 웃고 있다.

새들은 여전히 공중을 향해 날고,
나무들은 사뿐히 머리를 흔들며
빛을 먹고 땅 속으로 자라고 있다.

안개가 짙게 드리운 날
세상은 더욱 밝히 나타나고,
운무가 앞산을 뒤덮으면
산속의 나무뿌리들이 선명히 드러난다.

곡소리 흘러드는 영안실에서
태아의 힘찬 울음소리 새어나오고,
환한 미소 넘치는 신생아실 유리창에는
할아버지의 평안한 마지막 모습이 비춘다.

물구나무서서 세상을
다시 바라보니
아프고 슬펐던 기억들이
비로소, 아름다운 꽃으로 피어오른다.

시집 『아름다운, 너무나 아름다운 세상』, 2014.

소통의 시 읽기

"물구나무서서 세상을/ 다시 바라보니/
아프고 슬펐던 기억들이/ 비로소, 아름다운 꽃으로 피어오른다."

「물구나무서서 세상을 바라보니」(백운복)라는 시작품을 순수하
고 적극적으로 독서하여 얻게 되는 직관적인 첫 느낌은 세상의
관점에서 바라다보는 세상과 자연의 관점에서 바라다보는 세상과
의 교체이다. '물구나무서서 세상을 바라보니'라는 제목에서 암시
하고 있듯이 세상의 관점에서 자연의 관점으로의 전환이 이 작품
의 근간을 이루고 있다.

시 독서법의 두 번째 단계에 따라 이 작품에서 의문점을 찾고
질문을 던질 부분은 어디인가.

우선 1연과 2연을 함께 검토해볼 때, '고층빌딩과 키 큰 사람
들'을 '하늘', '새들', '나무들'과 대조하고 있는데 그 대조의 변별
적 의미는 무엇일까. 즉 '하늘(새들, 나무들)'은 물구나무서서 바라
다보아도 '그대로'인데, 고층빌딩과 키 큰 사람들은 '위태롭게

땅에 매달려 있는 것'이라는 의미는 무엇일까. 그리고 3연의 더욱 밝히 나타나는 '세상'과 선명히 드러나는 '산속의 나무뿌리들'은 어떤 의미를 함축하고 있는가. 또한 4연에서 태아의 신생아실과 할아버지의 영안실을 함께 교차시킨 의미는 무엇이며, 마지막 연의 "아프고 슬펐던 기억들이/ 비로소, 아름다운 꽃으로 피어오른다."라는 구절의 함축된 의미는 과연 무엇인가. 등에 주목할 수 있을 것이다.

이어서 구성요소들 간의 유기적 상관관계를 주목하면서 부분과 전체를 반복적으로 순환하며 통합하여 함축된 의미와 주제를 공감해보기로 하자.

먼저 1연과 2연에서 의문점으로 제기된 대조의 변별적 의미를 공감해보자. '하늘'과 '새들' 및 '나무들'의 공통점은 자연 또는 자연의 섭리를 순응하는 것들이라고 할 수 있다. 반면 '고층빌딩과 키 큰 사람들'은 세상논리를 따라 문명화 된 것들이거나 이른바 출세한 사람들을 의미한다고 볼 수 있다. 3연 '안개가 짙게 드리운 날'은 세상의 논리나 관점에서 자연의 순리로 관점이 이동하는 날을 의미한다고 볼 수 있다. 따라서 세상은 더욱 분명하게 나타나며, '산속의 나무뿌리들'은 곧 세상의 모든 뿌리까지를 선명하게 밝혀내는 자연의 섭리를 의미한다. 4연에서 교차시킨 신생아실과 영안실은 곧 자연의 섭리라는 관점으로 보면 세상 것들

(심지어 탄생과 죽음까지도) 모두가 한가지임을 상징적으로 표현하고 있다. 마지막 연은 이 작품의 주제를 함축적으로 보여주는 연이라고 할 수 있다. 즉 자연의 섭리에 순응하는 삶이라면, 아프고 슬펐던 기억들이 언젠가는 아름다운 꽃으로 피어오른다는 믿음으로 살아갈 수 있음을 보여주고 있다.

치유의 시 읽기

자연은 단 한 번도 인간을 배반한 적이 없다.
내면 가장 깊은 곳에 자연을 닮은 인간의 자연스러운 정서가
있는 한, 그래도 세상은 여전히 아름답다

가끔은 물구나무서서 세상을 바라다보자. 그러면 보이지 않았던 것들이 보이고, 항상 보이던 것들도 새로운 모습으로 다시 나타나 보일 것이다. 그토록 열중해 왔던 것들, 얻고자 평생을 수고해 왔던 것들, 바벨탑처럼 쌓아온 인류의 문명과 문화라는 것들, 과연 그것들이 어떤 가치를 지니는 것이며 인간에게 어떤 유익과

행복을 가져다주는 것인지. 숨 가쁘게 달려오던 길에서 잠시 쉼표를 찍고 한 번쯤 생각해보자.

자연은 단 한 번도 인간을 배반한 적이 없다. 내면 가장 깊은 곳에 자연을 닮은 인간의 자연스러운 정서가 있는 한, 그래도 세상은 여전히 아름답다. 아름다운, 너무나 아름다운 세상에 아름다운 사람이 있음을 믿는다.

백운복

서강대학교 국어국문학과 졸업. 동 대학원 국어국문학과 석·박사과정 수료(문학박사).
〈동아일보〉 신춘문예(1982)와 월간 『시문학』을 통해 등단(문학평론가).
호주 그리피스대학교 언어학부 객원교수 역임(2004.9.~2005.8.).
현재 서원대학교 한국어문학과 교수.

주요 저서로 『서정의 매듭풀이』(1993), 『시의 이론과 비평』(1997), 『한국서정문학론』(공저, 1997), 『현대시의 논리와 변명』(2001), 『문학의 이해』(공저, 2002), 『문예사조의 이해』(공저, 2003), 『현대시의 이해와 감상』(2006), 『글쓰기, 이렇게 하면 된다』(2006), 『한국현대시론』(2009), 시집 『아름다운, 너무나 아름다운 세상』(2014) 등이 있다.

시가 위로의 말을 건넨다

초판 1쇄 발행 2016년 2월 24일
초판 2쇄 발행 2020년 2월 18일

지 은 이 백운복
펴 낸 이 최종숙
펴 낸 곳 글누림출판사

책임편집 이태곤
편   집 권분옥 문선희 백초혜
디 자 인 안혜진 최선주 김주화
마 케 팅 박태훈 안현진

주   소 서울시 서초구 동광로46길 6-6(반포4동 577-25) 문창빌딩 2층(우 06589)
전   화 02-3409-2055(대표), 2058(영업), 2060(편집)
팩   스 02-3409-2059
전자메일 nurim3888@hanmail.net
홈페이지 www.geulnurim.co.kr
등록번호 제303-2005-000038호(2005.10.5)

정   가 12,000원
ISBN 978-89-6327-331-0 03810

* 이 도서의 국립중앙도서관 출판시도서목록(CIP)은 서지정보유통지원시스템 홈페이지(http://seoji.nl.go.kr)와
  국가자료공동목록시스템(http://www.nl.go.kr/kolisnet)에서 이용하실 수 있습니다.(CIP제어번호: CIP2016003576)